HILLSBORO PUBLIC LIBRARY
Hillsboro, OR
Member of Washington County
COOPERATIVE LIBRARY SERVICES

Tiro libre para Paula

Ondracek, Claudia
Tiro libre para Paula / Claudia Ondracek, Martina Schrey ; ilustrador Michael Bayer ; traductora Olga Martín. -- Editora Mónica Laverde. -- Bogotá : Panamericana Editorial, 2014.
148 p. : il. ; 14 x 21 cm. -- (Literatura juvenil)
Título original : Freistoß für Paula
ISBN 978-958-30-4366-6
1. Novela juvenil alemana 2. Fútbol - Novela 3. Fútbol femenino - Novela I. Schrey, Martina II. Bayer, Michael, il. III. Martín, Olga, tr. IV. Laverde, Mónica, ed. V. Tít. VI. Serie.
833.91 cd 21 ed.
A1435988
4/16 6084 7273
CEP-Banco de la República-Biblioteca Luis Ángel Arango

Primera edición en Panamericana Editorial Ltda., septiembre de 2014
Título original: *Freistoß für Paula*
© 2011 Franckh-Kosmos Verlags-GmbH & Co. KG, Stuttgart, Germany
© 2011 Claudia Ondraceck, Martina Schrey
© 2012 Panamericana Editorial Ltda. por la versión en español
Calle 12 No. 34-30
Tel.: (57 1) 3649000, fax: (57 1) 2373805
www.panamericanaeditorial.com
Bogotá D. C., Colombia

Editor
Panamericana Editorial Ltda.
Ilustraciones de la carátula
Michael Bayer
Traducción del alemán
Olga Martín
Diagramación
Once Creativo

ISBN 978-958-30-4366-6

Prohibida su reproducción total o parcial
por cualquier medio sin permiso del Editor.

Impreso por Panamericana Formas e Impresos S. A.
Calle 65 No. 95-28,
Tel.: (57 1) 4300355, fax: (57 1) 2763008
Bogotá D. C., Colombia
Quien solo actúa como impresor.
Impreso en Colombia - *Printed in Colombia*

Tiro libre para Paula

Claudia Ondracek
Martina Schrey

Para Elisa y Marta, Juri y Joschi.

Un agradecimiento especial para Anna, Dilan, Dominik, Sophie y los colegas deportivos de Inforadio (rbb).

Tiro libre para Paula

Un excelente pase

Paula cayó de cabeza en el césped y quedó aturdida. Hacía muy poco había interceptado el pase de su rival con el pie izquierdo, para luego girar sobre su propio eje y salir disparada rumbo al área contraria, cuando de pronto voló por los aires sobre la línea central. ¡El idiota con el número seis le había hecho zancadilla! Pero el árbitro no había pitado, ni se había dado cuenta de nada. Paula se sacudió y sondeó el terreno. ¿Adónde rayos había ido a parar la dichosa pelota? Ay, no, otra vez estaba frente al arco de su equipo. ¡Todo su esfuerzo para nada!

—¡Nooo! —gritó, al ver cómo el jugador con el número ocho disparaba con toda su alma. Ese balón no podía entrar por nada del mundo. Ya iban perdiendo dos a uno, y necesitaban al menos un empate para quedar al frente de la clasificación. Era el último partido de la temporada… ¡y ya nada más podría salir mal!

Paula se incorporó rápidamente. Estaba molesta, no solo porque el tipo ese le había hecho una falta tan sucia, sino porque era el último partido con el club de fútbol local. ¡Hoy se lo jugaba todo!

Contuvo el impulso de correr hacia la portería para fortalecer la defensa; los chicos se las arreglarían sin ella. ¡Y el balón pasó volando por encima del palo! ¡Qué suerte! No había tiro de esquina, era saque de meta. Paula, que tenía un pie izquierdo maravilloso, jugaba en la delantera y en ese momento echó a correr a toda velocidad. Había llegado la hora y lo sabía. Pero allí estaba otra vez el idiota ese del número seis. Había aparecido a su lado como de la nada y la había empujado con el hombro.

—Oye, nenita, ni creas que vas a tocar la pelota —le dijo entre dientes.

Paula se tropezó, pero se enderezó rápidamente. Ahora sí que estaba furiosa. ¿Cómo que no iba a tocar la pelota? ¡Y cuál nenita ni qué nada! Esa se la cobraría. Además, su cara le parecía conocida, ¿pero de dónde?

Mientras trataba de recordar de dónde lo conocía, Paula vio con el rabillo del ojo cómo el capitán de su equipo pasaba regateando entre dos adversarios por el lado derecho. Él le lanzó una mirada y ella aceleró. Tras un tiro certero y un pase largo, el balón aterrizó justo a sus pies, muy cerca del área, a pocos metros del arco. Paula podía sentir la respiración del número seis en su nuca, lo oía jadear, estaba a punto de adelantarla. Faltaban solo pocos minutos para que se acabara el partido.

Vio cómo el portero se acuclillaba levemente y avanzó lo más rápido que pudo. Notó un hueco en la defensa, hizo un ágil zigzagueo y disparó con todas sus fuerzas. El balón voló directo al arco, justo hacia la esquina superior izquierda... ¡Nooo! El portero, que lo había previsto, dio un brinco y alcanzó a sacarlo por encima del palo en el último segundo.

—¡Maldición! —gruñó Paula, y en ese momento vio la sonrisa triunfal del número seis. "No lo lograrás", parecía decirle. Después, ahuecó las manos, las sostuvo frente al pecho y pasó junto a ella contoneando el trasero.

Dos minutos para el pitido final. Era tiro de esquina. Paula echaba humo de la furia. Micha, al extremo derecho, le puso una mano tranquilizadora en el brazo. Ella lo cobraría, de eso no había duda. Se dirigió al banderín y, sin mirar hacia los lados, acomodó el balón cuidadosamente. Entre tanto, todos los jugadores se habían agolpado en el área. Sabían que ese sería el último ataque. El último... y el definitivo.

Paula alzó la mirada. Estaban listos. El número seis también estaba allí, con su sonrisa maliciosa. Entonces, Paula hizo algo que no había hecho nunca: se quitó la banda de caucho con la que se había recogido los rebeldes rizos castaños y dio una vuelta alrededor del banderín rojo, con los brazos en alto y la cabeza echada hacia atrás. Los espectadores lanzaron gritos de emoción. Paula volvió a acomodar la pelota, tomó impulso y disparó al área. Micha dio un salto... y la clavó con un cabezazo. ¡Dos a dos!

Paula levantó los brazos: ¡lo lograron! ¡Habían empatado! Corrió hacia Micha y estuvo a punto de tumbarlo al suelo por la emoción.

—¡Un tiro perfecto! —gritó ella.

—¡Un pase perfecto! —gritó él, sonriendo.

En ese momento, llegaron los demás, brincaron sobre ella y rodaron juntos por el césped. El árbitro pitó tres veces. ¡El partido había terminado!

"¡Olééé-olé-olé-olééé!", se oía gritar desde la tribuna. La confusión se reflejaba en las caras de los jugadores del equipo contrario.

—Qué idiota el del número seis —le dijo Paula a Micha, mientras atravesaban lentamente el campo rumbo a la salida. Todavía no había podido recordar de dónde lo conocía.

Micha asintió.

—¡Pero tu bailecito alrededor del banderín estuvo de lujo!

Paula sonrió. Estaba orgullosa de sí misma y de sus chicos. Pero, de repente, sintió un nudo en la garganta. ¡Su último partido con el club de fútbol había terminado! En la siguiente temporada los chicos pasarían a la división C, donde no les permitían jugar a las chicas.

—¿Por qué esa cara tan larga? —preguntó súbitamente una voz a su lado. Era Semra, la mejor amiga de Paula—. ¿Después de semejante partido? ¡Felicitaciones! —exclamó, abrazándola.

—Ten cuidado que apesto —dijo Paula, alejándose. Tenía la camiseta empapada en sudor.

—¡Qué importa! ¡Si quedaron de primeros y tú hiciste el pase decisivo! Fue un tiro excelente, ¡sencillamente impresionante!

Paula tuvo que reírse. Semra era la única que se emocionaba tanto con sus artes futbolísticas. Claro que su amiga también era una verdadera artista del balón; en cuanto tenía la posibilidad, Semra jugaba con Paula a escondidas en la vieja cancha de fútbol del parque. En esas ocasiones Paula entrenaba sus disparos al arco, pues nadie podía parar el balón como la ágil y musculosa Semra, pero sus papás no podían enterarse. Ellos jamás habrían permitido que su hija jugara fútbol.

—¿Nos vemos más tarde donde Mia? —preguntó Semra—. ¿O prefieres hacer algo con los chicos del equipo?

El rostro de Paula se ensombreció.

—No, hoy no. El próximo fin de semana es la fiesta de despedida de la temporada. ¡Con eso me basta y me sobra! Ahora quiero sacar mis cosas rápido del vestuario e ir a ducharme donde mi papá. Ve a la fonda familiar, ¡ya te alcanzo!

—Vale, ¡allá nos vemos! —Semra corrió hacia su bicicleta; su pelo negro ondeaba en el viento veraniego. Paula se quedó mirándola; después, se dirigió al vestuario trotando suavemente.

—¿Finalmente vas a ducharte con nosotros? —se burló Marco cuando Paula entró en el vestuario. Ya se había reunido todo el equipo. Despatarrados en las bancas, los chicos empezaban a quitarse las medias. Marco estaba sacándose la camiseta por la cabeza en ese momento, pero Paula no estaba para bromas.

—¡Qué va! —dijo lacónicamente—. ¡No pienso juntarme con una manada de sudorosos malolientes!

—¡Oye, era un chiste! —dijo Marco con voz reconciliadora, mientras le daba un golpecito en el hombro.

Paula lo sabía, pero en ese momento tampoco quería ser comprensiva.

—Ummm… Dejémoslo así. Quiero irme ya.

Se quitó los guayos a toda prisa y los guardó en el morral. Tenía las medias empapadas en sudor, pero daba igual. Metió los pies en los tenis y se puso la delgada chaqueta de jean sobre la camiseta, igualmente empapada; si se la quitaba, no faltaría el comentario, y prefería ahorrárselo. La pulla de "nenita" del número seis era suficiente por el día. Paula se echó el morral al hombro.

—¡Hasta el sábado, chicos! Saludos al entrenador. ¡Chao! —exclamó, mientras empujaba la puerta de la salida. No más comentarios burlones.

—Uf, me va a hacer mucha falta —oyó decir a Micha desde adentro.

Era demasiado. Paula se mordió el labio, pero no le sirvió de nada y tuvo que secarse una lágrima rápidamente. "Largo de aquí", pensó, "¡antes de que alguno me vea llorando!".

Corrió adonde había dejado la bicicleta y allí estaba todavía, afortunadamente. Como siempre, había llegado al partido en el último segundo y no había tenido tiempo de ponerle el candado. Puso el morral en el canasto y se subió de un brinco. Aunque estaba totalmente agotada, pedaleó como si se propusiera ganar una carrera.

¡Qué injusticia! Ya llevo seis años en total. Primero, en la división infantil; después, en la juvenil… y ahora me echan, así no más. ¡Solo porque no dejan que las chicas juguemos con los chicos en la división C! ¿Y por qué rayos? ¿Porque ellos son más fuertes y rápidos? ¿Acaso disparan mejor? ¡Qué ridiculez! Yo soy una luchadora. Seguro habrían perdido

más de un partido sin mí. ¿Pero ahora se acabó todo? ¿No más fútbol para mí? Es como para echarse a llorar, ¡en serio! En nuestro club no hay un equipo femenino y el más cercano está a veinte kilómetros. ¿Cómo rayos voy a llegar hasta allá? En bicicleta es una eternidad, y en autobús tendría que hacer tres trasbordos. Mis papás tampoco pueden llevarme, siempre están trabajando. "Desafortunadamente, no es posible". Eso me dicen siempre.

¡Bah! En cambio a mí sí me toca desplazarme todo el tiempo. Una semana donde mamá, otra donde papá… es desesperante. Desde que se separaron, hace tres años, me toca vivir de un lado para otro. Claro que tengo una habitación en cada casa, pero mis cosas favoritas están siempre donde no estoy; lo único que encontré esta mañana donde papá fue mi camiseta más vieja, pues aunque estuve toda la semana donde mamá, ¡él no había lavado nada! Y yo me pregunto por qué será tan difícil prender una lavadora aunque tenga que trabajar por la noche. ¡Si la lavadora funciona solita!

Desearía que volvieran a juntarse. Entonces, volvería a tener un hogar. Pero a mí nadie me pregunta. Qué bueno que al menos tengo a Semra, a Jule y a Mia. Ahora me veré con ellas, y eso me alegra: ver fútbol y zamparme la ración más grande de papas fritas de la fonda de los papás de Mia. Después de este partido, ¡tengo tanta hambre que me comería un caballo!

¡Solo para chicas!

—¡Una ración de papas fritas para nuestra estrella del fútbol! —Mia soltó el plato sonoramente sobre la mesa.

—¿Te pasa algo? —preguntó Paula, tomándola del brazo. La mala cara de Mia le ponía los nervios de punta.

—No, nada. —Mia se liberó el brazo y regresó a la barra para traerles bebidas a todas.

Con el rabillo del ojo, Paula pudo ver cómo un par de chicos se quedaban mirando a su amiga, que siempre producía ese efecto con su andar ligero. Y otra vez estaba perfectamente vestida, por supuesto: una camiseta ceñida y sin mangas con una falda corta que se ondulaba al moverse. Lo único que le parecía horroroso era ese esmalte rosado; pero, al parecer, a los chicos no.

El sol brillaba en el cielo, como era de esperarse en un día de principios de julio. Paula estaba sudando de nuevo, a pesar de que se había dado una ducha. El papá de Mia había acomodado ya la pantalla; faltaban pocos minutos para que empezara el partido.

El patio estaba repleto. Las "proyecciones públicas" de la fonda familiar, el restaurante de los papás de Mia, eran un éxito rotundo. En invierno, las hacían adentro; en verano, en el patio. Una pantalla gigante, un sonido excelente y un buen ambiente para ver todos los partidos de la primera división. Aquel día era aún mejor, pues jugaba la selección nacional: Alemania vs. Suecia. Para los clientes de la fonda familiar estaba claro cuál sería el ganador. Paula, Jule y Semra, que esperaban el partido con emoción, se habían acomodado en una mesa en una esquina.

—Tendrías que haber estado allí —le dijo Semra a Jule—, para ver el bailecito de Paula alrededor del banderín. ¡Fue sencillamente maravilloso!

—¿Cómo? ¿Y qué dices de mi tiro al arco? —Paula fingió sentirse ofendida y devoró un par de papas con salsa de tomate.

—Pues que no entró —replicó Semra, con una gran sonrisa.

Jule parpadeó bajo el sol.

—Me habría encantado ir —suspiró—. Pero mis papás... En fin, no quiero hablar de eso ahora.

Paula y Semra intercambiaron una mirada rápida. Los papás de Jule habían vuelto a pelearse.

—Por cierto, te traje el último disco de Shakira, el que te gustó tanto —dijo Paula para animarla. De pronto, sintió que algo le salpicaba el pantalón—. Oye, ¿qué te pasa? —gritó, y se levantó de un brinco. Al hacerlo chocó con la bandeja de Mia, quien estaba justo a su lado sonriéndoles a un par de chicos que acababan de entrar en el patio. Por eso no se había dado cuenta de que los vasos se habían resbalado peligrosamente.

—¡Cuidado! —rugió Mia, apresurándose a agarrar los vasos. Pero fue demasiado tarde: dos fueron a parar al suelo y se rompieron en mil pedazos. Paula y Mia se fulminaron mutuamente con la mirada.

—¡Uno a uno en la guerra de las peleonas! —exclamó, en ese momento, una voz salida como de la nada—. Transmitiendo en directo desde la fonda familiar. ¿Cómo acabará este duelo? —¡Era Jakob! El hermano mayor de Mia—. ¡Hagan sus apuestas! —dijo, ofreciéndole a Semra un periódico doblado a manera de micrófono.

Semra se rio y se tapó la boca con la mano. Jule también hizo un esfuerzo por ahogar la risa.

—Idiota —gruñó Mia, antes de abrirse paso junto a su hermano y entrar corriendo.

Jakob se quedó mirándola.

—¡Uy, está que arde! Debo tener cuidado.

Maldición, ahora sí que estoy de mal humor. ¡Y justo hoy que Alemania juega contra Suecia! Con lo emocionada que estaba ante la expectativa de comerme unas papas fritas y disfrutar un buen partido con Thomas Müller al ataque. Cómo se mueve, cómo dispara... ¡Es lo máximo! Pero no: tenían que aguarme la fiesta con el rollo interminable sobre el partido de Paula.

A mí me importa un pepino si el pase fue bueno o si el extremo derecho estaba realmente libre. No fui al partido porque no son más que unos aficionados. ¡Y eso me aburre! Y encima, la retahila de Paula por el fin de su carrera futbolística. ¡Ya no la soporto más! Ni que no hubiera nada más de qué hablar en el mundo. Como Thomas Müller o Toni Kroos... o Tim. Nunca puedo hablar con ellas de él porque entonces vuelven y empiezan las risitas nerviosas. ¡Ni que fuéramos unas niñas chiquitas! Solo porque todavía no les gustan los chicos... Pero a mí sí. Y me muero por Tim. Es demasiado lindo. Con sus rizos y sus ojos color azul grisáceo. ¡Además, es un futbolista increíble! Podría ser el próximo Müller, fácilmente. O el nuevo Ballack, cuando era realmente bueno. Quién sabe. En todo caso, ya está en la división B juvenil. A eso le llamo yo fútbol, y esos partidos sí que me gusta verlos.

Tim hace siempre unas maniobras excelentes, y hace una chilena que haría temblar a cualquier Podolski. Al menos esa es mi opinión. Él va para profesional, sin duda. ¡Y esos hoyuelos que tiene en las mejillas! Claro que no solo a mí me parecen divinos. En los recreos siempre anda rodeado de todas esas tontas de su curso. "Tim ven aquí", "Tim vamos allá", cacarean todo el tiempo. Y se le pegan como moscas. ¡Es asqueroso! Así no hay posibilidades de acercársele. Mucho menos para una mísera estudiante de sexto como yo. Aunque bien podría andar con los de noveno; al menos eso me dijo Jakob. Y él, a sus diecisiete años, sabe de lo que habla.

Ojalá que volviera a encontrármelo casualmente en el parque al trotar... y que él volviera a sonreírme al pasar... ¡Ay, eso fue increíble! Me quedé sin respiración, en serio. Poco después, hasta sentí punzadas en la espalda. Pero es el mínimo precio que hay que pagar por una sonrisa de Tim. Eso fue el domingo, en el sendero que rodea al estanque. Tengo que volver mañana. Así como si nada, claro. Pero una oportunidad como esa no me la puedo perder por nada del mundo. Y esta vez no permitiré que su sonrisa me bloquee las neuronas,

¡claro que no! Esta vez estaré en la jugada. Seguro que Jakob puede darme un par de consejos. ¿Por qué tenía que burlarse así de mí? ¡Estoy de mal genio y encima se pone a hacer bromas estúpidas! Maldición, papá me está llamando otra vez. Tengo que ir a ayudarles. Y el partido ya está empezando…

—¡Goool! —gritó Paula, fuera de sí—. ¡Goool! ¡Uno a cero! ¡Mia, ven a ver la repetición! ¡El pase de Kroos estuvo demasiado bueno! —Los pantalones cortos de Paula ya se habían secado al sol. Su papá tendría que usar la lavadora esa noche sin falta. Pero eso era lo de menos, y lo cierto es que no tenía ganas de pelearse con Mia. No hoy, en plenas vísperas de vacaciones—. ¡Ven aquí con nosotras! —gritó hacia el otro lado del patio, agitando los brazos en el aire.

Semra y Jule también le hicieron señas. Mia se dirigió a su mesa, suspirando. Jakob, que se había sentado junto a ellas, le hizo un guiño a Paula. Conocía muy bien el genio de su hermana y sabía que lo mejor era no hacerle caso.

—Tengo que ayudar durante el primer tiempo, después quedo libre —dijo Mia, de pie junto a la mesa. Luego, miró a su hermano—: ¡Tienes suerte de no tener que hacer nada hoy!

—¿A ver? —replicó Jakob—. ¿Ya se te olvidó todo lo que trabajé en las últimas tres semanas?

El roce entre hermanos se vio interrumpido por el grito de gol del narrador del partido.

—¡Goool! —gritaron también los clientes de la fonda familiar. Alemania ganaba dos a cero.

—Pues ya hacía falta, con lo flojo que ha estado el partido en los últimos minutos —murmuró Paula y se llevó un par de papas fritas a la boca, ensimismada. Estaba un poco desconcentrada; no lograba dejar de pensar en que ya no podría seguir jugando. No más fútbol para ella. Su rostro se ensombreció.

En cambio, Mia estaba radiante. El autor del gol había sido Thomas Müller, que jugaba en el Bayern. Ese era su equipo favorito y no dejaba que se lo criticaran, aun cuando Semra le tomara del pelo siempre por eso. El jugador favorito de Semra era Mesut Özil, pero hoy se le veía como desorientado en el medio campo. En opinión de Mia, no tenía nada que hacer frente al sueco Ibrahimovic, quien acababa de lanzarse al ataque con su seguridad característica, cuando sonó el silbato.

—¡Medio tiempo! —exclamó Jule—. Iré a traer otra tanda de bebidas. ¿Algo más?

Las chicas negaron con la cabeza. Jakob se había levantado y estaba en la mesa vecina, charlando animadamente con sus compañeros de curso. Estos no dejaban de mirar a Mia, quien se limitó a echarse el pelo hacia atrás.

—Mi papá ya no me necesita, así que puedo quedarme con ustedes —dijo al sentarse—. Perdón por haberme alterado hace un rato.

Le lanzó una mirada a Paula, que le restó importancia con un gesto de la mano y mostró apenas una sonrisa forzada.

—Uf, hoy en serio estás de malas pulgas —se quejó Mia.

Paula asintió.

—Pues es que hoy jugué mi último partido.

Mia arqueó las cejas.

—¿Y por qué dejas que te afecte tanto? Si eran apenas unos aficionados con los que pateabas el balón y ya. ¡Es posible que ahora se te presenten otras oportunidades!

—¿Como cuáles? —Paula se rascó el mentón, malhumorada—. Los chicos sí pueden seguir jugando, pero yo no. ¡Solo porque soy mujer! La verdad es que es…

—¡Pero no tienes que enojarte de nuevo! —la interrumpió Mia.

El ambiente se había vuelto peligrosamente tenso.

Jule llegó en ese momento y puso la bandeja con las cuatro bebidas en la mesa.

—Bueno, bueno, peleonas. ¡Ya va a empezar el segundo tiempo!

Así era. Las amigas no se habían dado cuenta de que los dos equipos habían regresado al campo.

—Ah… —suspiró Paula cuando Thomas Müller lanzó el balón tres metros por encima del arco—. Bien pensado…

—… pero pésimamente ejecutado —completó Semra.

—Oigan, chicas, ¿desde cuándo les interesa el fútbol? —preguntó una voz desde la mesa vecina.

Los compañeros de Jakob les sonrieron coquetamente a las cuatro amigas. Mia entornó los ojos y les dio la espalda en respuesta. Aunque los comentarios sabiondos de Paula y Semra le ponían los nervios de punta, sobre todo cuando tenían que ver con Müller o con Kroos, no tenía ganas de sucumbir ante un piropo tan barato. Se alisó la falda. Para variar, hoy estaba de acuerdo con sus amigas: los chicos podían ser fastidiosos. Si no se llamaban Tim, claro…

Las chicas se sonrieron mutuamente y volvieron a mirar hacia la pantalla, pero allí no pasaba gran cosa. Los jugadores se pasaban la pelota con desgano en el medio campo, de un lado para otro. Ni rastro de otra situación de gol.

—Qué partido más aburrido —murmuró Jule, con un bostezo.

—Algo así lo logramos hasta los principiantes —dijo Paula, lanzándole una mirada provocadora a Mia. Eso de que sus excompañeros de equipo fueran unos aficionados le había dolido. Al fin y al cabo, habían quedado de líderes de la clasificación. Además, le molestaba que Mia nunca fuera a verlos. Solo le importaban los partidos de primera división y de la selección nacional. O Thomas Müller. O sus faldas y su esmalte horroroso. O Tim…

—¡Oye, hoy estás hipersensible! —Mia se levantó abruptamente. Algunos clientes se quejaron porque les tapaba la pantalla, pero eso no le importó—. ¿Cómo puedes llevar semanas deprimida solo porque ellos seguirán jugando sin ti? ¡Qué tontería! ¡Y vete a pelear con ellos, no conmigo! —Mia se disponía a darse la vuelta y marcharse, pero Jule la frenó de la falda.

—Bueno, cálmense ya las dos —dijo e hizo que Mia volviera a sentarse—. Ya tenemos más que suficiente con este partido tan aburrido para aguar la fiesta. ¿Y encima tienen que atacarse entre ustedes? ¡Eso no es nada digno del fútbol!

Semra, que había estado observando silenciosamente todo el tiempo, se incorporó de repente.

—Oigan, ¿y qué les parece si fundamos un equipo de fútbol femenino en el colegio? ¡Solo para chicas!

Paula se quedó mirándola, enmudecida. Mia y Jule también se olvidaron de todo lo demás por un momento. Solo se oía el sonsonete del narrador del partido en el fondo.

—No está nada mal esa idea —murmuró Paula. Volvía a sentirse bien por primera vez en varios días.

Seis semanas de intermedio

—Uf, cómo me alegro de que el profesor de matemáticas me haya puesto aceptable. —Paula se dejó caer en una silla de la terraza de la heladería—. Aunque el insuficiente en inglés no le gustó ni cinco a mi mamá. —Suspiró—. En fin, ella no está aquí ahora. ¡Y sin la criticadera permanente, es probable que logre sobrevivir estas seis semanas donde mi papá! Pero seguro que me voy a morir del aburrimiento… ¡Sobre todo sin ti!

Le apretó la mano a Semra, quien llevaba un rato esperándola. Paula acababa de regresar del aeropuerto. Justo el último día de clases, su mamá había tenido que irse dos meses a Sudamérica. Era médica y trabajaba para una empresa farmacéutica, por eso se la pasaba viajando por el mundo entero. Aunque hasta ahora Paula había podido quedarse siempre en casa durante las vacaciones, este año no había sido posible.

Paula parpadeó bajo el ardiente sol de julio para que Semra no se diera cuenta de lo mucho que le había costado la despedida. Su amiga también le apretó la mano.

—Pues pasar todos los días descansando junto al lago no está nada mal. Yo, en cambio, tendré que visitar a todos y cada uno de mis parientes en Turquía... y tras de todo jugar a la niña buena.

A pesar del calor, Semra llevaba un pantalón largo y una blusa cerrada, con mangas tres cuartos, que le daba una apariencia bastante elegante. Se había recogido su exuberante pelo negro con una balaca.

—Pero por lo menos estarás junto al mar —le dijo Paula, con un ligero asomo de envidia. Se había enfundado rápidamente en lo que había encontrado donde su papá: unos *jeans* viejos y rotos y la camiseta más descolorida de todas.

¡Por fin vacaciones! Paula se desperezó bajo el sol y se estiró lentamente para alzar la carta de helados y dejarla caer en la mesa de inmediato.

—Ya sé qué quiero. Dos bolas de helado de chocolate con salsa de frambuesa, para celebrar. ¿Y tú?

Semra se rio. En ocasiones le gustaría ser tan relajada como su amiga.

—¡Lo mismo, por supuesto! Estoy muy orgullosa de mi sobresaliente en alemán. El esfuerzo de estos últimos meses se vio recompensado. ¡Muchas gracias, otra vez!

—¡De qué! Si a mí también me sirvió un montón. Y siempre es mucho más divertido estudiar acompañada. ¡Hola! Queremos pedir, por favor —gritó Paula haciéndole un gesto al mesero.

Al cabo de un rato, dos grandes copas de helado se alzaban frente a las amigas. La salsa de frambuesa bañaba las bolas de helado cual corrientes de lava y formaba un charco rojizo en las copas amarillas.

—Oye, Semra —masculló Paula, con la boca llena de helado—, deberíamos armar el equipo de fútbol femenino después de las vacaciones. La idea es excelente. Poder jugar en serio sin chicos. No estaría nada mal. Esa competencia permanente de ellos me desesperaba a veces. Y lo volví a notar el fin de semana pasado, en la fiesta de despedida. —Tuvo que reprimir la nostalgia que sintió brevemente al pensar en el final de su carrera en el club y miró a su amiga con una sonrisa—. ¡Y tú podrías ser la portera!

Semra se encogió de hombros.

—Ya veremos. Nunca se sabe qué ideas se les alboroten a mis papás ahora al volver a Turquía. Tú sabes que ellos piensan que el fútbol es un deporte masculino y que a las niñas decentes no se les ha perdido nada en la cancha.

—¡Qué va! —Paula sacudió la cabeza enérgicamente—. Si solo somos chicas, seguro que no tendrán nada en contra.

—Ummm… —Semra seguía escéptica—. Sería muy divertido, en todo caso, poder entrenar en serio y no solo patear el balón. ¿Pero cómo vamos a hacer? Sin ayuda, es imposible.

—Necesitamos un profesor que nos apoye —dijo Paula, mientras raspaba los restos de helado de la copa—. ¿Qué opinas de la señorita König? Seguro se pone de nuestro lado, a ella siempre le gusta que los alumnos tengan iniciativas.

Semra asintió.

—Sí, qué suerte que sea nuestra directora de curso. Hasta a mi papá le agrada. Últimamente, se quedan charlando cuando viene a comprar a la panadería. Seguro que a ella se le ocurre cómo podemos organizar el equipo, con qué entrenador y esas cosas. Aunque ojalá que no fuera el señor Munk, el entrenador de los chicos.

El equipo de fútbol masculino del colegio era famoso. En una vidriera se exhibían los numerosos trofeos que el Deportivo KingKong había cosechado bajo la batuta de Mike Munk. Y esto se debía especialmente a Tim, el joven delantero de quince años que también causaba furor en su club de fútbol.

—¿Y eso por qué? —preguntó Paula, sorprendida—. Si casi ni lo conoces.

—Pues sí, pero es un hombre. —Semra suspiró y se acomodó un par de rizos rebeldes detrás de la oreja—. Preferiría que fuera una mujer.

La heladería se había ido llenando entretanto. Media ciudad parecía querer refrescarse antes de que las vacaciones empezaran oficialmente.

—Estas semanas trataré de averiguar a quién le interesaría unirse —dijo Paula, al tiempo que apartaba la copa vacía—. Jule y Mia están fichadas, pero necesitamos por lo menos unas diez o doce en total.

—Cierto. —Semra asintió con la cabeza—. ¿Pero estás segura de que Mia estaría interesada? Ella se muere por los futbolistas, ¡pero nunca ha pateado un balón!

Paula se encogió de hombros.

—No importa. Creo que de todos modos se une... ¡Precisamente porque se muere por los futbolistas!

Las dos tuvieron que soltar la carcajada.

—Ya veremos. —Semra agarró su morral y se levantó—. Y ahora, vamos a patear un rato el esférico por última vez, ya que a partir de mañana tendré que hacerme la niña buena. Allá, en Turquía, me toca olvidarme del fútbol porque mis primas prefieren sentarse a tejer y mis hermanos seguro me saldrían con un sermón.

—¡Si es así, entonces voy a hacerte un buen par de goles! —exclamó Paula, mientras dejaba el dinero del helado sobre la mesa. Después, se levantó con un brinco que hizo que la silla se tambaleara.

—Guárdate las fuerzas para más tarde —dijo Semra, riéndose. Dio media vuelta enérgicamente y chocó con alguien que acababa de subir las escaleras de la heladería.

—¡Bueno, bueno, con calma!

Semra dio un paso atrás, aterrorizada. Delante de ella estaba la señorita König.

—¡Pe-per-do-dóneme! —tartamudeó Semra. Estaba avergonzadísima. Justo tenía que atropellar a su directora de curso.

La profesora se rio.

—No te preocupes, Semra, ¡aún sigo en pie! Y mientras no se hayan acabado todo el helado, nada podría dañarme el día tan fácilmente. ¡Hola, Paula!

—Hola, señorita König. —Paula, que se había quedado paralizada, miró a su amiga. "¿Ahora?" le preguntó con los ojos. Semra asintió—. Por cierto, señorita König, queríamos preguntarle una cosa.

La profesora las miró llena de expectación.

—¿En plenas vísperas de vacaciones? Debe ser algo muy importante. ¡Soy toda oídos!

Paula respiró profundo.

—Pues sí es muy importante. Es que nosotras… tenemos una idea… —Paula estaba más emocionada de lo que creía, por lo que miró a su amiga en busca de ayuda.

—Hemos estado pensando que nos gustaría fundar un equipo de fútbol en el colegio —completó Semra—. ¡Un equipo de fútbol femenino, claro!

—Es que… las chicas no tenemos dónde jugar en serio —agregó Paula—. Yo ya no puedo seguir jugando en el club porque soy demasiado grande, y a las dos nos gustaría muchísimo. A Mia y a Jule también… ¡Y seguro que a muchas más!

—Ummm... ¿Y qué han pensado? —preguntó la señorita König—. Seguramente necesitarán a alguien que las entrene.

Las chicas asintieron.

—Pensamos que tal vez usted podría ayudarnos —dijo Paula, mirando a la profesora con sus ojos color verde grisáceo llenos de expectativa—. ¡Estamos convencidas de que podemos jugar tan bien como los chicos!

La señorita König titubeó. Sabía que Paula era una futbolista apasionada y que Semra solía jugar secretamente en la portería; pero se demoró unos segundos en responder y a las dos amigas les pareció una eternidad.

—Está bien —asintió finalmente—. Déjenme pensarlo. Ya veremos qué puedo hacer. Ustedes saben que durante las vacaciones no pasa nada, pero lo tendré presente. Prometido.

Semra y Paula sonrieron de oreja a oreja. ¡Eso era más de lo que habían esperado!

—¡Gracias! —exclamaron las dos, emocionadas—. ¡Muchas gracias, señorita König, y felices vacaciones!

—Lo mismo para ustedes.

Las dos amigas bajaron las escaleras saltando. Semra se montó de un brinco en su bicicleta.

—¡La que llegue primero! —gritó, antes de arrancar a toda velocidad.

Paula se rio y puso los pies en los pedales, pero Semra ya había desaparecido detrás de una nube de polvo.

* * *

Las dos llegaron sin aliento a la vieja cancha de fútbol del parque. No se veía ni un alma a la redonda, ni soplaba siquiera una pequeña brisa. Las líneas blancas centelleaban bajo el sol.

Paula sacó el balón del canasto y corrió a la cancha. Allí, dio un salto en el aire y gritó:

—¡La señorita König va a ayudarnos! ¡*Yei*! ¡Y tenemos la portería toda para nosotras! ¿Trajiste tus guantes, Semra? ¡Mi pie izquierdo está que arde! ¡Creo que hoy no podrás conmigo!

Mientras su amiga seguía con su perorata, Semra ya se había enfundado los guantes. Nunca salía de casa sin ellos, y Paula lo sabía.

—¿Ves esto? —Semra aseguró sus guantes en ambas muñecas y le mostró sus puños a Paula—: son dos imanes. ¡Tu pie puede arder y hasta echar chispas, pero estos no dejarán pasar nada!

—¡Ya veremos! —Paula no pudo evitar una sonrisa. Y las dos corrieron al arco—. Uf, creo que comí demasiado helado —se quejó, secándose el sudor de la frente.

—¿Cómo? ¿Y qué tanto decías de tu pie ardiente? —se burló Semra y se detuvo para hacer un par de estiramientos, inclinándose hacia adelante con una pierna doblada. Apoyó los guantes de color blanco y negro sobre el césped y balanceó el torso hacia arriba y hacia abajo.

Paula, que odiaba los ejercicios de calentamiento, se puso a regatear alrededor de su amiga.

—¡Epa! ¿Acaso estamos en clase de ballet? ¡Empecemos! —se quejó.

Pero Semra permaneció impasible y continuó hasta haber estirado todos los músculos de su cuerpo.

—Ya te veré bailando —se burló—. ¡Por mí, adelante!

—¡Bien!

Paula acomodó el balón en el área de penalti y Semra se ubicó en la portería. Con el torso ligeramente inclinado hacia adelante y los brazos en ángulo, esperaba el tiro de su amiga. El arco se extendía enorme a sus espaldas.

"En realidad es demasiado delicada para un arco tan grande", pensó Paula, mientras tomaba impulso y pateaba el balón con el pie izquierdo hacia la esquina superior derecha. Pero Semra lo había previsto, por lo que saltó como un gato y atajó el pelotazo. Sus puños rechazaron el cuero con tal violencia, que la pelota se devolvió y rebotó por el terreno desigual hasta la línea central.

—Bueno, bueno, puedes tener suerte de vez en cuando —gritó Paula con voz animada y corrió en busca de la pelota—. Y eso fue por el helado. Pero no podrás con el próximo, ¡te lo juro! —Al darse la vuelta, vio a Ben recostado en el poste, sonriéndole a su amiga—. Hola, Ben, ¿y tú de dónde saliste? —gritó desde la mitad de la cancha.

El chico alzó la mano y la saludó con un gesto, luego se acercó para hablar con Semra. Ella jugaba con nerviosismo con las mangas de la blusa y apenas alzaba la vista para mirarlo, hasta que soltó una carcajada y sus ojos castaños, que habían estado clavados en el césped, centellearon mientras se echaba hacia atrás la cabellera oscura, liberada de la balaca de colores.

—Como que soy un estorbo —refunfuñó Paula, que ya había visto a los tres hermanos de Ben en el otro extremo de la cancha, así que se puso a jugar con el balón a lo largo de la línea central.

Dizque niña buena… Si ella es una niña buena, pues entonces yo me llamo María. ¡Si coquetea como toda una actriz de Hollywood! Y seguro que ni se da cuenta. Si sus papás lo supieran, probablemente no volvería a salir de casa. Aunque ya tiene suficiente con no poder usar pantalones cortos. Estos musulmanes son como raros: protegen a su hija como a la niña de sus ojos, pero los chicos pueden hacer lo que quieran.

Claro que al menos no tiene que llevar ningún pañuelo en la cabeza, como otras niñas musulmanas del colegio; así podemos ver su melena maravillosa.

No me extraña que le guste Ben. Él es muy buena gente, en realidad. No es un engreído como su amigo Tim, por el que al parecer todas mueren de amor. Sus comentarios sabiondos me desesperan. Pero Ben no es ningún baboso. ¡Y cómo mira a Semra! ¿Qué tal que empezaran a salir? ¡Entonces, Semra tendría aún menos tiempo para andar conmigo!

Siempre es lo mismo... Así fue cuando papá tuvo esa nueva novia. Ni se enteraba de si yo estaba allí o no. Uf, si eso pasara con Semra, sería lo peor. La vida nunca es tan divertida sin ella. Ella me entiende casi que sin palabras y siempre logra sacarme de mis pensamientos, por más mal que me esté sintiendo.

Ojalá que sus papás le den permiso de jugar fútbol con nosotras. Sin Semra en la portería... No, no, ¡imposible! Ay, ¿y cómo voy a sobrevivir en las vacaciones sin ella? Además, es mi cumpleaños...

—¿Estás sorda o qué? —Alguien le dio un golpecito a Paula en el brazo. ¡Era Jule!—. ¿No iban a jugar un rato?

Paula alzó la mirada. Ben y Semra seguían absortos en su conversación. Del otro lado de la cancha, llegaron unos gritos.

—¡Oye, Ben! ¿Vienes o te quedas? —Sus hermanos necesitaban refugiarse del sol—. ¡Decidimos ir a la piscina!—Pero ni Ben ni Semra reaccionaron.

—Uy, esos dos están embobados, ¿no? —Jule señaló hacia la portería con el mentón.

—¡Quédate quieta! —Paula se le atravesó a su amiga—. Es mejor que no hagamos mucho escándalo. ¡Ya sabes cómo vuelan los chismes!

Jule se sobresaltó.

—Bueno, pero no me regañes.

Tenía los ojos aguados. Paula la tomó del brazo.

—No te estaba regañando. ¿Qué te pasa? ¿Y qué haces por aquí?

Jule se dio media vuelta rápidamente. El amplio vestido de tirantes y flores verdes la hacía verse más delgada de lo normal.

—Vamos, cuéntame qué pasa. —Paula le puso una mano en el hombro y la hizo voltearse hacia ella—. Supongo que no viniste a patear la pelota, ¿o sí?

Las lágrimas rodaban por las mejillas de Jule.

—¿Qué quieres que te cuente? Siempre es la misma historia: mis papás volvieron a pelearse, así que salí corriendo apenas saltó la primera chispa. Ni siquiera miraron mis notas. ¡Es horrible!

Paula guardó silencio, consternada.

Los papás de Jule llevaban ya varias semanas peleando y Jule lo estaba pasando muy mal. Aunque era muy delgada de por sí, las pocas curvas que tenía empezaban a desaparecer. Y las ojeras que tenía estaban cada vez más oscuras, aunque no era raro, pues casi no dormía. Cuando sus papás no estaban gritándose, reinaba un silencio sepulcral durante horas, incluso días. Y Jule no sabía qué era peor; todas las noches sacaba su baraja del tarot y les consultaba a los arcanos mayores y menores cómo continuarían las cosas. Los papás no se daban cuenta de las actividades nocturnas de su hija. Pero, en cambio, sus amigas estaban cada día más preocupadas y aunque Paula, Semra y Mia no creían en la sabiduría de las cartas, preferían no decírselo.

—¡Ustedes dos! ¿Ya empezaron a echar raíces? —gritó Semra desde la portería. Ben había desaparecido—. ¿No dijiste que me golearías, Paula? Y Jule, ¡deberías probar tu suerte!

Paula le apretó el brazo a Jule; podía sentir los huesos de su amiga.

—Vamos, dispara un par de balones. Eso te ayudará a despejar la cabeza. Además, ahora eres toda una futbolista en formación. Hoy nos encontramos con la señorita König por casualidad, ¡y dijo que tal vez podría ayudarnos con lo del equipo!

—¿En serio? ¡Eso sería genial! —La cara de Jule se iluminó—. Pero... es que yo no sé... —empezó a resistirse inmediatamente.

—¡No digas bobadas! —Paula la empujó suavemente hacia la portería, donde Semra ya estaba en posición—. Te necesitamos. ¡Además, señorita talentosa, aprenderás con los ojos cerrados! ¡Acuérdate de los cinco excelentes que sacaste este año!

Y ahora, volver a empezar

—¡Maldición! —Aunque demasiado tarde, Mia arrancó la llave del candado de la bicicleta, que se había atascado. Se miró el índice derecho y frunció el ceño: el esmalte rojo brillante que acababa de echarse se había rasgado—. ¡El colegio empieza bien otra vez! —se dijo entre dientes—.

Se apretó el abrigo rojo que llevaba sobre los hombros. Las mañanas ya eran bastante frescas a principios de septiembre y el cielo estaba nublado; muy distinto al clima de Grecia, donde había pasado las últimas cuatro semanas con su hermano. Sus abuelos paternos tenían allí un viñedo grande con piscina. Al recordar esos deliciosos días de ocio, Mia no pudo evitar una sonrisa. Se echó hacia atrás su larga melena rubia, que se había aclarado aún más bajo el sol griego, y miró a su alrededor.

—¡Hola, Mia! —Jule y Paula la saludaron desde lejos. A pesar de que las amigas se habían comunicado por chat durante las vacaciones, estaban muy emocionadas por el reencuentro. Y aunque ya sabían que pasarían juntas el día, habían quedado media hora antes de que empezaran las clases.

—Dame un abrazo. —Paula rodeó a Mia con el brazo—. ¡Estás bronceadísima! ¡Y ese vestido está genial!

Mia se miró hacia abajo: sus piernas doradas por el sol, rematadas por unas sandalias con tacones de corcho y tiras rojas, la falda acampanada con el estampado de amapolas que terminaba bastante más arriba de la rodilla.

—¡Y muy escotado! —la molestó Jule, que se había recuperado notoriamente durante las vacaciones. Aunque sus papás habían cancelado el paseo juntos, las cosas estaban mejor en casa y no había pasado un solo día en que no hubiera ido a nadar al lago con Paula—. ¡Creo que puedo verte el ombligo desde aquí arriba! —exclamó con una sonrisa burlona.

—¡Veo que has vuelto a ser la misma de siempre! —replicó Mia de buen humor. Hoy nada podría empañarle los ánimos; ni el esmalte dañado ni sus amigas burlonas. Hoy, al fin, volvería a ver a Tim, algo que había esperado con ansias todas esas semanas. No había vuelto a encontrarse con él antes del viaje y eso que se había paseado durante horas por el parque dos domingos seguidos. Pero hoy lograría llamar su atención, podía presentirlo. No por nada había escogido un atuendo que le hacía ver más bronceada la piel y más brillante el pelo.

Las tres amigas atravesaron el patio del colegio tomadas de gancho. Solo faltaba Semra, de la que no había ni rastro. Paula estaba un poco preocupada porque llevaba varios días sin saber nada de ella. Justo en ese instante sintió el zumbido de su celular, que llevaba siempre a la mano en el bolsillo de la chaqueta de *jean*. "Me demoro un poco. Besos. S.". Aliviada, volvió a guardar el teléfono en el bolsillo.

—Necesitamos un plan de acción para nuestro equipo de fútbol —dijo Paula, emocionada—. ¿Será que la señorita König ya pudo averiguar algo? Y Jule, tú dijiste que ibas a hacer un volante para atraer a más interesadas. ¿Pudiste?

—Sí, después se los muestro. Mia, contamos contigo, ¿no?

Mia frunció el ceño y se miró las uñas.

—No sé. ¿Fútbol y chicas? Ummm... La verdad es que no hay comparación con lo que hacen los chicos en el campo... ¡Ellos sí luchan! ¡Allí hay pasión, dinámica, vigor! —dijo con voz enardecida—. Con las chicas, todo es como más frágil y débil.

Paula la miró furiosa y le respondió, mientras hacía un gesto de desconcierto con la mano.

—¿Frágil y débil? ¿Estás loca? ¿Acaso no sabes lo buena que es la selección nacional femenina? ¡Han sido campeonas mundiales varias veces! Suenas peor que un macho de pueblo, en serio. Dices eso solamente porque no tenemos las pantorrillas como las de tu amado Thomas Müller o el idiota de Tim.

No habían pasado ni cinco minutos y ya habían empezado a saltar chispas entre las dos. Pero lo cierto es que ambas se habían echado muchísimo de menos durante las vacaciones.

—Bueno, cálmense ya. —Jule alzó una mano en gesto conciliador—. Mia, me encantaría que te unieras. ¡Con lo deportista que eres! Yo también voy a participar, y eso que tengo muchísimo por aprender. Pero ya estuve practicando con Paula durante las vacaciones. Por cierto, Paula, ¿crees que deberíamos hablar con la señorita König en el primer descanso?

Paula gruñó entre dientes, pero asintió. Se disponía a añadir algo cuando Semra dobló por la esquina. Usaba unos pantalones anchos y un suéter tejido que ondeaba sobre sus hombros con el viento de finales de verano. Semra se acercó a sus amigas.

Paula se quedó mirándola fijamente. ¡Llevaba un pañuelo en la cabeza! Muy elegante, sin duda; era de color rojo oscuro e hilo de seda plateada, y combinaba perfectamente con su ropa. Pero era un pañuelo, debajo del cual se ocultaba su melena negra. Las tres amigas se quedaron boquiabiertas, pero Semra actuó como si nada y abrazó a Paula.

—¡Qué alegría volver a verlas! —Semra hizo caso omiso de las miradas de desconcierto de sus amigas—. ¡Les traje baklava de Turquía! Ni comparación con lo que venden aquí… ¡Salvo la de mis papás, claro! —Sonrió—. ¡Tienen que probarla!

El patio del colegio se fue llenando poco a poco. El reloj dio las ocho y sonó la campana. No había tiempo para más preguntas. La marea de estudiantes empujó a las cuatro amigas hacia el salón, donde se extendió un rumor de saludos, pues muchos no se habían visto durante las vacaciones.

—Bueno, se le abona al colegio el que podamos volver a estar todas juntas —comentó Paula, suspirando, mientras acomodaba el maletín debajo del pupitre y se dejaba caer en su asiento al lado de Semra. Entonces, volvió a mirar con detenimiento a su amiga, que estaba concentrada rebuscando entre su cartuchera. Pero no dijo nada.

Después de la clase, las cuatro se acercaron a la señorita König, que se apresuró a limpiar la pizarra.

—¡Este es mi regalo de bienvenida! —dijo la joven profesora, sonriendo, mientras pasaba enérgicamente la esponja sobre el tablero verde oscuro—. ¡A partir de mañana, les toca a ustedes otra vez!

Pero Nina König no habría sido ella misma si no hubiera presentido qué se traían entre manos sus alumnas. De modo que dejó la esponja a un lado.

—Están que no se aguantan, ¿no? —preguntó, al tiempo que se apoyaba sobre su escritorio—. ¿Siguen firmes con lo del equipo de fútbol femenino?

Paula y Jule asintieron. Semra jugueteó con las puntas de su pañuelo y Mia se quedó detrás. Aunque no estaba segura de querer participar, no podía abandonar a sus amigas en ese momento.

—¿Tienen suficientes interesadas?

—Estuve preguntando durante las vacaciones, y unas cinco o seis dijeron que les gustaría —dijo Paula, emocionada—. ¡Y nosotras cuatro, claro!

—Y yo hice un volante —la secundó Jule—. La idea es colgarlo en la cartelera de anuncios. Seguro que así se animan otras cuantas. ¡El equipo lo armamos, de eso no hay duda!

La profesora sonrió.

—Ya lo creo —dijo—. Por esa misma razón estuve consultando los horarios. Queda una hora libre en el gimnasio, justo antes de la práctica del equipo de fútbol de los chicos.

Ellos también tendrán que entrenar en el gimnasio durante los próximos meses porque van a arreglar el campo deportivo a partir de la próxima semana.

Paula alzó los pulgares en gesto triunfal y miró a sus amigas.

—Pero vamos con calma —la frenó la señorita König—. Un gimnasio libre pero sin entrenador no nos sirve de nada. Todavía no he podido hablar con todos los profesores de deportes, pues hay muchos que apenas volvieron hoy. Y ya dos me dijeron que no.

—¿Por qué? —preguntó Jule, sorprendida—. En todo caso, eso quiere decir que tenemos que movernos.

La señorita König se encogió de hombros.

—Supuestamente, no tienen tiempo. Pero… —se interrumpió—. No importa. Hay otros profesores. Y hablaré con ellos en estos días. Tienen que tener un poco de paciencia. ¡Pero lo lograremos, ya verán!

Paula y Jule brincaron de la emoción, Semra también estaba feliz e incluso en el rostro de Mia se asomó una sonrisa, y como se había quedado detrás de sus amigas, fue la única que oyó unos pasos que se alejaban a toda prisa. Al espiar por la puerta, alcanzó a ver una figura con la camiseta del Borussia-Dortmund que desaparecía al fondo del corredor.

Ay, no, ¿ese era Julius? Excelente. ¡Seguro salió corriendo a publicar lo que acaba de oír! Ese vive espiándonos. Y en clase se la pasa mandándome papelitos en los que me dice que le parezco genial y esas cosas. ¿Qué rayos voy a hacer yo con alguien así? Si es un inmaduro, está lleno de granos y es más bajito que yo. No por el simple hecho de que juegue en el equipo de fútbol con Tim tiene que caerme bien. Además, vive dándoselas de que Tim mete tantos goles solo porque él le hace los pases. ¡Insoportable! Como si Tim lo necesitara. Él lo ve todo, siempre. Y no necesita los pases de ese pelele que de los KingKong no tiene nada, pero vive rondándolo a uno como un chimpancé.

Ahora se enteró de nuestro equipo de fútbol femenino; seguro que le va a llegar a Tim con el chisme fresco. Aunque yo no me he decidido todavía. El deporte me gusta, claro: el baloncesto, el ping-pong*, el atletismo… Pero el fútbol de chicas no me llama la atención para nada. Puras gritonas peleándose la pelota o que chillan apenas les hacen una falta. Uy, no, yo prefiero mil veces a los chicos. Aun cuando hagan teatro de vez en cuando. Pero cuando toca, aprietan los dientes y siguen luchando. ¿Quién ha oído hablar de Birgit Prinz? ¡En serio! En cambio, Kroos y Müller son otra cosa. Y Tim también. Vamos a ver si puedo zafarme un poco más adelante. Pues hoy…*

El primer día de clases había terminado, las nubes se habían despejado y daban espacio a un cielo azul brillante de finales de verano. Las amigas celebraron el reencuentro con una pizza y se quedaron reposando en las sillas de la terraza del restaurante. Jule guardó en su maletín el volante que acababa de mostrarles a las demás. Les había encantado a todas. Al día siguiente colgarían una impresión de tamaño oficio en la cartelera de anuncios del colegio.

Paula alzó la cara hacia el sol y Mia echó un vistazo a su reloj. ¡Las tres y veinte!

—¿No quieren ir un rato a la cancha? —preguntó, jugueteando con las tiras de sus sandalias como si la idea acabara de ocurrírsele—. Así podemos ver si los KingKong siguen en forma después de las vacaciones.

—Pues por qué no —asintió Paula.

Semra parecía inquieta.

—No lo sé —murmuró y se mordió el labio inferior—. La verdad es que les prometí a mis papás que estaría en la panadería a eso de las cuatro.

Paula abrió los ojos de par en par y la miró con desconcierto. Esa prisa no era normal en su amiga. Antes pasaban juntas largas horas de la tarde; tenía que haber sucedido algo.

—Creo que tenemos que hablar tú y yo con calma —le susurró. Pero Semra no dijo nada.

Entretanto, Mia se había acomodado las tiras de las sandalias.

—¡Ay, vamos! —Miró a Semra con ojos suplicantes—. No seas aguafiestas. ¡Es mucho más divertido cuando estamos todas juntas!

Paula alzó las cejas. Ese espíritu de comunidad no era normal en Mia. Algo se traía entre manos.

—Está bien —accedió Semra, finalmente—. Media horita. ¡Vamos, entonces! A lo mejor puedo copiarme un par de trucos de los primates.

—¡Eso nunca! —exclamó Paula, mientras se echaba el maletín al hombro—. ¡Ya los tienes todos en el bolsillo!

—¿Y será que si caben? —se burló Mia lanzando una mirada a los pantalones de Semra, quien tiró de la pretina y exclamó:

—¡XXL, sin ningún problema! ¡En cambio, los *jeans* apretados que tú siempre usas quedarían totalmente ensanchados!

Jule y Paula soltaron la carcajada. Mia enseñó una sonrisita.

—Uno a cero, ganando tú —reconoció.

Las cuatro amigas llegaron a la cancha riendo alegremente... y justo a tiempo. Alcanzaron a oír unos fuertes gritos; Mike Munk pitó para llamar a sus chicos.

—Ahora, van a formar dos equipos. ¡Ya veremos quienes son los goleadores y qué son capaces de hacer en la defensa!

Mia, que solo tenía ojos para Tim, se acomodó al borde de la cancha y observó cómo su héroe conquistaba la pelota al cabo de unos minutos. El delantero avanzó por el campo con pasos ligeros, regateando con el balón, que parecía ir pegado a sus pies. Se coló entre sus rivales como una liebre, fingió irse a la derecha para seguir por la izquierda, vio el hueco y disparó con todas sus fuerzas. ¡Imparable! El portero no había podido hacer nada. A Mia se le caía la baba.

—Bueno, bueno. —La voz de Munk retumbó por toda la cancha—. Eso fue un gol. Pero... ¿alguna vez has oído que el fútbol es un deporte en equipo? Tus colegas delanteros estaban casi todos libres. ¡La idea es hacer pases!

—¡Qué idiota! —les dijo Mia a sus amigas entre dientes—. ¿Qué puede hacer Tim si ninguno le pide el balón? ¡Este Munk es realmente insoportable!

Paula y Semra se sonrieron a sus espaldas. Mia no perdía oportunidad para defender a Tim.

—Pues al menos Munk es un verdadero rival para Tim —opinó Jule, despectivamente, y se resguardó bajo la sombra.

Mia se encogió de hombros con un gesto apático y no dijo más. En lugar de ello, se echó su pelo rubio hacia atrás, se sentó en una de las bancas al borde de la cancha y cruzó las piernas para que sus sandalias de tacón alto y delicadas tiras rojas resaltaran aún más.

—Oigan, ¿vinieron a ver cómo se juega el fútbol de verdad? —La voz de Julius resonó por toda la cancha. Los demás se rieron a gritos.

—Según cuentan, pretenden hacernos la competencia con el esférico. ¡Pero con esos zapaticos, imposible! —gritó Tim, mirando a Mia con una sonrisa maliciosa.

En cuestión de segundos, Mia se puso roja ¡como un tomate! Tim sonrió aún más. Jule vio los destellos en los ojos de Mia: sabía que no era solo furia. Con un par de pasos, se acercó a su amiga y se la llevó del brazo.

Mia la siguió con la cabeza en alto, orgullosa, y susurró para sí:

—Ya verás, Tim, ya verás. Con y sin tacones. —Se volvió hacia Paula y Semra con decisión—: Cuenten conmigo, chicas. Jule, ¿dónde está el volante? Cuanto más pronto lo colguemos, mejor. ¡Así podremos empezar cuanto antes!

Las otras tres se miraron y rieron.

—¡Pero si los chicos no son tan malos! —dijo Jule, jadeando en busca de aire—. ¡Tú lo has dicho siempre, Mia!

Semra y Paula se apretaban la barriga de tanto reírse.

Mia las miró fijamente, una por una. Y entonces, soltó también la carcajada.

—Para que vean... ¡Una muestra más de lo mucho que pueden aprender de mí!

Un plan y muchos obstáculos

Mia se paró en las puntas de los pies para mirar por encima de los estudiantes que avanzaban en masa por el corredor.

—Ay, no, ¿la señorita König por qué siempre tiene que llegar en el último momento? —se quejó, nerviosa—. Ya va a empezar la clase.

—Calma —la tranquilizó Jule, dando paso a un par de compañeros que empujaban para entrar en el salón—. Ella tiene otras cosas que hacer distintas a preocuparse por nuestro equipo de fútbol. Debemos tener paciencia. Y si las cartas del tarot que eché anoche no se equivocan, ¡estamos a punto de despegar!

—¡Ay, las cartas! —Mia hizo un gesto de rechazo, desesperada—. Ya no aguanto más. Llevamos quince días esperando. ¡Quince! Y no puede ser tan difícil encontrar un entrenador. ¡Con todos los profesores de deportes que hay en el colegio!

—¡Chitón! —dijo Paula, alzando las cejas.

Semra, Jule y Mia siguieron su mirada y entendieron de inmediato. Julius se acercaba por el pasillo. Al ver a las cuatro amigas, esbozó una sonrisa displicente.

—¡Pero si aquí están nuestras futbolistas! ¿Cuándo es que van a empezar a entrenar? ¿O ya se arrepintieron? —Contempló las piernas de Mia con una mirada despectiva—. ¡Para ser futbolista se necesitan músculos de verdad!

—Y algo de seso —replicó Mia con voz dulzona—. ¡Por eso me ha sorprendido siempre que precisamente tú juegues!

¡Directo al corazón! Julius achicó los ojos, pero no dijo más. Mia hizo como si no existiera y volvió a recorrer el pasillo con la mirada. Julius desapareció en el interior del salón, luego de soltar un bufido.

—Eso estuvo un poco cruel —susurró Semra, inclinándose hacia Mia, pero esta se encogió de hombros y volvió a mirar el reloj.

—Nada que aparece la señorita König. Y solo faltan cinco minutos para que empiece la clase.

* * *

Nina König suspiró. Las chicas esperaban una respuesta. Por eso estaba frente a la puerta de la rectora del colegio, un poco nerviosa pero decidida, pues sabía que Carola Jeske era su última posibilidad.

Desde el comienzo de las clases, les había preguntado a todos los profesores si estarían interesados en entrenar a un equipo de fútbol femenino; pero, tanto hombres como mujeres habían declinado.

"¡No tengo tiempo!" había sido la respuesta general. Uno de los colegas había dicho, incluso, que ya tenía a su cargo "demasiados equipos que sí quieren hacer deporte en serio". Pero Mike Munk acababa de llevarse la gran palma: "No soy ningún animador de nenitas", dijo burlonamente el muy machista, antes de darle la espalda.

Nina König echaba humo de la rabia y sentía que había viajado veinte años en el pasado, a la época en que ella misma había jugado fútbol apasionadamente. Pero pensar en un equipo femenino era un imposible en su pueblo natal, por lo que había decidido olvidarse del fútbol para siempre hasta que las alumnas la habían abordado con su propuesta. Desde entonces, se había metido de cabeza y el comentario de Mike Munk había sido la gota que había derramado la copa.

Por eso estaba frente a la puerta de Carola Jeske en ese momento. Esperaba que, por lo menos, la rectora se tomara en serio el deseo de sus alumnas. Aquella cincuentona de pelo cano y corto, figura delgada y paso resuelto, tenía muy claro lo que consideraba importante en su colegio y lo que no. Y era temida por su lengua afilada.

Nina König no llevaba mucho tiempo en el colegio y no sabía qué opinaría la señorita Jeske de la idea de las chicas, pero no le quedaba mucho tiempo para averiguarlo, pues la clase estaba a punto de empezar. Si quería actuar, era ahora o nunca. Hizo de tripas corazón y tocó a la puerta.

—¡Siga! —contestó una voz firme, desde el interior.

Nina König giró el pomo y entró después de un breve titubeo.

—¿En qué le puedo ayudar? —Ante la amable sonrisa de la rectora, el corazón de Nina König empezó a latir con menos agitación. Así las cosas, fue directo al grano y le habló de la idea de las cuatro chicas y del rechazo de todos los profesores.

—Por eso quería saber su opinión —concluyó—. ¿Cree que sí es posible fundar un equipo de fútbol femenino en el colegio? —Y guardó silencio.

Carola Jeske mostró una sonrisa aún más amplia. Le gustaba esa profesora joven y fresca que se atrevía a explorar otros caminos.

—Yo creo que sí, sin importar que tengamos que poner de nuestra parte.

Echó un vistazo a la pared, donde tenía los horarios de todos los profesores, y se puso de pie. Las gafas que colgaban de su cuello, atadas a una cuerda, se balancearon alegremente mientras pasaba un dedo por la cartelera recorriendo las horas de los profesores de deportes.

—Los jóvenes necesitan movimiento y tienen que hacer cosas que los entusiasmen. —Hizo una breve pausa—. Y las chicas deben tener las mismas oportunidades que los chicos.

Su dedo se detuvo en un nombre y se aclaró la garganta.

—Venga a verme mañana después de la última clase, por favor. Yo le informaré al señor Munk, ¡y después lo discutiremos todos juntos!

Niña König se quedó atónita. Por un lado, se alegraba de que la rectora hubiera acogido el asunto con semejante determinación. Pero ¿por qué justo Mike Munk? El tipo acababa de desairarla claramente, y le costaba imaginárselo como entrenador del equipo femenino. Las chicas tampoco quedarían muy contentas con la noticia.

—Buenos días —dijo Nina König, escuetamente, al encontrarse con las cuatro alumnas en la puerta del salón.

—Buenos días, señorita König —respondieron ellas en coro y sus ojos preguntaron calladamente: "¿Hay novedades?"

Nina König forzó una sonrisa.

—A ver, ¿ya consiguieron otras interesadas?

—¡Pues claro! —exclamó Jule —, ¡ya vamos doce!

—Pero solo las estrellas saben si seguirán firmes. —Mia puso freno al entusiasmo de su amiga, intentando descifrar la sonrisa contenida de su profesora.

Esta advirtió enseguida la mirada penetrante de su alumna. Con gesto decidido, se acomodó un mechón de su pelo castaño detrás de la oreja.

—Yo también tengo buenas nuevas —dijo, indicándoles que entraran en el salón—. La señorita Jeske apoya el proyecto. ¡Y mañana, después de clases, hablaremos sobre el posible entrenador!

Un suave "*yeeei*" envolvió a la profesora antes de que las chicas corrieran a sus puestos al oír la campana. Al ver los rostros radiantes de las cuatro, las reservas de Nina König se disiparon; el equipo de fútbol femenino saldría adelante, ya no cabía duda. Ahora, solo faltaba el entrenador. Pero eso se resolvería al día siguiente. ¡Finalmente!

—Bueno, guarden los libros, por favor —dijo la señorita König—. Hoy haremos un test de vocabulario.

Haciendo caso omiso de las quejas de los estudiantes, sacó un paquete de hojas y le entregó una a cada uno. Cuando pasó al lado de Paula, esta le dijo en voz muy baja:

—¡Gracias, muchas gracias!

¡Lo logró, lo logró! El equipo de fútbol femenino saldrá adelante. ¡Es maravilloso! La señorita König es lo máximo, en serio. Aunque me tomó absolutamente por sorpresa con este test. Nunca he oído ninguna de estas palabras... y ni idea de cómo se dice "derribar" en inglés. Debo haberme distraído en algún momento. Pero no importa, la próxima vez estaré preparada.

El suspenso de estos últimos días me tenía mal. No sabía cómo seguiría el asunto, o si realmente iba a funcionar. Hasta mamá se contagió de mi nerviosismo cuando fuimos a recogerla ayer al aeropuerto con papá, ¡y eso que nunca le ha interesado el fútbol! Ahora, solo necesitamos un buen entrenador... ¡y manos a la obra!

Tengo curiosidad de ver qué tan cierto es eso de que "el fútbol femenino es laxo". Hasta ahora, siempre he jugado con chicos, y ellos son implacables. Los patadones que me dieron varias veces en las piernas... uf, qué dolor. Definitivamente, el fútbol no es para las lloronas. Ya se darán cuenta, y creo que algunas se retirarán pronto. Es más, no estoy muy segura de Jule, pues no es de las que aguantan mucho. Pero qué bueno que Tim haya azuzado a Mia. El comentario fue genial. Le hirió el orgullo justo donde lo necesitaba, y cuando a Mia se le mete algo en la cabeza, ¡no hay quién se lo saque! ¿Y Semra? Ya no es la misma desde que volvió de las vacaciones. No es solo por el pañuelo de la cabeza, qué va. Se ha vuelto como muy... reservada. Casi no dice nada. Y no tengo ni la menor idea de por qué. Últimamente, siempre sale corriendo después de clases, pero antes no era así. ¡La cantidad de tardes que pasó en mi casa! En cambio ahora tengo que ir yo a la panadería de sus papás. Y no tengo nada en contra de ellos, pero allá no podemos hablar igual. Ni siquiera podemos hablar del equipo de fútbol, pues sus papás no pueden enterarse de su existencia. ¡Pero Semra tiene que ser nuestra portera! Ay, no, la señorita König ya está recogiendo las hojas y yo me la pasé echando globos...

—Usted es profesor de deportes, tiene la octava hora del lunes libre y tiene experiencia con el equipo masculino. De modo que entrenará también al equipo femenino —dijo la señorita Jeske enérgicamente—. ¡Y no se discuta más! Las chicas deben tener las mismas oportunidades que los chicos.

Mike Munk soltó un bufido, como un toro justo antes de atacar. El ambiente estaba muy tenso. Nina König se retorció inquieta en su asiento y volvió a recogerse el pelo en una apretada cola de caballo por enésima vez. Con los *blue jeans* ceñidos y la blusa a cuadros, la profesora de treinta y dos años parecía una estudiante más, pero su rostro reflejaba la determinación de una mujer que contaba con la experiencia necesaria para saber lo que quería. Mike Munk, en cambio, se había presentado en la rectoría con el atuendo informal de deportes. La etiqueta era algo desconocido para él. Pero no importaba, la rectora era consciente de su valor. Bajo su dirección, los KingKong habían ganado el campeonato intercolegial varias veces y habían mejorado notoriamente la reputación del colegio.

Con su atlético metro ochenta y cinco de altura y su voz penetrante, Mike Munk se labraba rápidamente el respeto necesario. La mirada arrogante, sumada al bigote negro y el tono altanero con el que impartía sus instrucciones, le habían granjeado el apodo de MM, el "Mega Macho". Las discusiones largas y tendidas no eran lo suyo, y ante la duda, siempre tenía la última palabra.

Pero hoy no se le ocurría nada más. Su rostro petrificado revelaba que no le gustaba nada el rumbo que había tomado la conversación.

—¿Desea añadir algo? —La rectora miró al profesor de deportes fijamente a los ojos. Su mirada era inflexible.

Mike Munk se la sostuvo un instante, luego bajó la mirada y sacudió la cabeza casi imperceptiblemente.

—Bueno, pues entonces quedamos así —sentenció la señorita Jeske con frialdad. Luego, se volvió hacia Nina König. Una sonrisa se dibujó en su rostro, por lo general muy severo—. Puede decirles a sus alumnas que el profesor Munk las espera el próximo lunes a la octava hora en el gimnasio. —Alzó las cejas en un gesto muy significativo—. Y ahora tengo que continuar. ¡Feliz resto de tarde para ambos!

—Oye, Mike, yo... —empezó Nina König cuando la puerta se cerró a sus espaldas, pero se interrumpió al mirarlo a los ojos. Podía leer la furia y el desprecio en ellos, además de un brillo peligroso. El hombre se vengaría. De ella y de las chicas. Lo supo enseguida. Y antes de que pudiera decir nada más, el profesor de deportes desapareció en silencio tras la esquina.

Nina König se dejó caer en una silla contra la pared y respiró profundo. Sabía que no había terminado. Mike Munk les haría sentir todo su rechazo a sus alumnas, pero ella no pensaba darse por vencida y haría todo lo necesario para defenderlas. Entonces supo cómo. ¡Mike Munk no sabía con quién se estaba metiendo!

Hasta caer

—¡Qué bueno que vinieron! —Entre gritos y risas, las chicas se reunieron en el estrecho vestuario. Paula recibió a cada una con un apretón de manos—. ¡Hola, Maya, hace muchísimo que no te veía! Y Marta, ¿vendrás el próximo fin de semana a ver el partido en la proyección pública de la fonda familiar?

Paula se paseaba, emocionada, de la una a la otra. Ya se había cambiado: tenía puesta la camiseta azul brillante del Chelsea y los pantalones cortos que su mamá le había comprado en el aeropuerto de Londres, en la escala de regreso de Sudamérica. Entonces, se puso las medias azules, se las subió hasta las rodillas y enfundó los pies en los guayos.

—No es tan divertido que nuestro entrenador sea justo el señor Munk —comentó Elisa—. ¿Por qué lo escogieron a él?

Paula se encogió de hombros.

—Nadie más quiso. Y, además, la señorita Jeske se lo ordenó.

—Mejor dicho, ¡el fútbol femenino es algo muy cotizado en este colegio! —Elisa hizo una mueca burlona mientras se ponía el pantalón de la sudadera—. En fin, ya veremos qué pasa.

Las demás iban llegando mientras terminaban de cambiarse. Solo faltaba Semra. Paula miró a Jule con gesto interrogativo.

—¿Sabes por qué no ha llegado? ¡La necesitamos en la portería!

Jule se metió una ancha camiseta de algodón por la cabeza.

—Ni idea. A lo mejor tiene que ayudar en la panadería.

Paula guardó silencio. Ahora estaba furiosa. No lograba entender qué estaba pasando con su amiga, y Semra la evitaba constantemente. Si no venía hoy a la práctica, tendría que pedirle cuentas, sin importar si estaba de acuerdo o no.

Las chicas calentaron en el gimnasio trotando lentamente. Paula volvió a echar un vistazo por encima del hombro hacia la puerta. ¡Ni rastro de Semra! Mike Munk estaba delante del cuarto donde se guardaban los materiales. No había ningún balón a la vista.

—Bueno, señoritas, que les quede bien claro de una buena vez —su voz profunda retumbó por todo el gimnasio—: ¡Esto no es ningún costurero!

—Me lo sospechaba —le susurró Jule a Paula—. El tipo va a acabar con nosotras. ¡Y yo seré la primera en caer!

—No, espera —respondió Paula en voz baja—. ¡El león no es tan fiero como lo pintan!

Pero Mike Munk alcanzó a oírla.

—Regla número uno: ¡La que quiera parlotear, se va a otra parte! ¿Conque quieren jugar fútbol? ¡Excelente! A cerrar el pico entonces, salvo en situaciones determinantes para el juego. Y eso nos lleva a la regla número dos: El juego viene después. ¡Primero tenemos que ver cómo está su condición física! —Mike Munk se dio un golpe en el pecho con gesto displicente—. Sin resistencia, no hay juego. ¡Y, por eso, ahora van a sacar las bancas del cuarto de materiales y las van a acomodar por toda la cancha!

Las chicas se miraron en silencio. Estaba claro que no tenían alternativa. Mike Munk era el jefe. De modo que sacaron una banca tras otra en parejas, pero esto no le bastó al entrenador.

—Ahora, ¡pongan las colchonetas azules en medio! —les ladró.

—Uf, odio tener que cargar estos armatostes fofos y pesados —se quejó Mia, mientras bajaba con Paula la colchoneta que estaba encima de las demás. Tomó la superficie dura y resbaladiza firmemente con los dedos, para que no se le escurriera de las manos, y ambas avanzaron con dificultad hasta dejar caer la carga en el primer espacio libre entre las bancas—. ¡Ay! ¡Ya se me dañó otra uña! —Se limpió el sudor de la frente. La práctica no había empezado aún y ya se estaba quedando sin aliento.

—Ya dejen el cotorreo —rugió la voz de Mike Munk—. ¡Sus pulmones van a necesitar el aire!

Al cabo de unos pocos minutos, el gimnasio se había transformado por completo: había bancas y colchonetas por todas partes.

—Bien. Paula, Mia, Jule… traigan cada una un cajón y pónganlos entre los demás obstáculos, por favor. También pueden añadir un par de lazos. —Mike Munk agitó un silbato en el aire—. Y ya les explicaré. Pero primero vamos a hacer un breve calentamiento. Nada grave, no se preocupen. —El profesor de deportes mostró una sonrisa irónica—.

Van a darle tres vueltas a la cancha, a buen ritmo. Cuando pite, corren a toda velocidad, lo más rápido posible, hasta que vuelvan a oír el silbato. ¿Entendido? —Todas asintieron—. ¿Qué esperan entonces?

Las chicas se fueron poniendo en movimiento lentamente. Mike Munk se plantó a un lado de la cancha, con el silbato en la boca. Paula apenas acababa de completar las tres vueltas, de primera, cuando un pitido estridente resonó con fuerza.

—¡Aceleren, no se hagan las cansadas!

Las chicas corrieron a toda velocidad.

—¡Ay, tengo punzadas en el costado! —se quejó Jule después de unos pocos metros, y se agarró la cintura con la mano—. ¿Acaso no piensa volver a pitar nunca?

El pitido liberador resonó finalmente, y las chicas retomaron el trote suave.

—Bueno, yo diría que podemos ampliarlo. —Con un gesto despectivo, el profesor de deportes sacó un cronómetro del bolsillo del pantalón de su sudadera y se lo colgó de la muñeca—. Respiren profundo todas. Y ahora, la regla número tres: ¿Cuál de ustedes trajo algo de beber? —Paula y Marta alzaron la mano, las otras pusieron cara de pregunta—. ¡Esto no puede ser! Cada una debe traer una botella de agua en este instante. Y al final de la práctica, la botella debe estar vacía. ¡No se puede desmayar ninguna por deshidratación!

—¿Pueden creerlo? —susurró Mia, encolerizada, e hizo una seña indicando que el entrenador estaba loco, pero de manera que este no pudiera verla—. ¡El tipo tiene un tono realmente insoportable!

Ninguna de las chicas parecía feliz. Paula se encogió de hombros.

—Todas sabíamos que la cosa no iba a ser fácil con Munk. Vamos, chicas, lo importante es que pronto podremos jugar fútbol. Y el hombre se calmará, ya verán.

La voz de Mike Munk volvió a rechinar por todo el gimnasio.

—Ahora, pasemos al circuito de entrenamiento. ¿Quieren jugar fútbol? ¡Para eso se necesita más que una carita bonita y un poco de buena voluntad!

Paula dio un resoplido, ofendida. Estaba acostumbrada a la práctica dura y había experimentado tonos bruscos en el club, pero semejante cinismo era demasiado, incluso para ella.

Jule, que podía ver la furia de su amiga, le puso una mano tranquilizadora en el brazo sudoroso. "Déjalo", pareció decirle con la mirada. "Si no, se pondrá aún peor".

Mike Munk se pavoneó por el borde de la cancha, cruzó los brazos en el pecho y se alzó en las puntas de los pies.

—Bien. Ahora, van a saltar sobre la primera banca en zigzag. Después, hacen diez abdominales en la colchoneta que le sigue, para relajarse —dijo con una sonrisa maliciosa—. Luego, caminan en cuclillas, saltan el lazo y hacen veinte lagartijas. Y de las de verdad: el torso y los brazos deben subir y bajar en serio, no solo el trasero. —La sonrisa se extendió aún más—. A continuación, vienen las sentadillas.

Con la espalda bien derechita. Así fortalecen los muslos y los músculos de la columna. Por lo menos veinte. La que quiera, puede hacer treinta. —Munk contempló uno por uno los rostros de las chicas, quienes lo miraban enmudecidas—. Después, vuelven a caminar en cuclillas, se arrastran debajo de la banca y otras veinte lagartijas en la colchoneta, esta vez apoyándose en los tobillos. Y todo en, digamos, unos diez minutos en total. La que termine, hace una breve pausa y vuelve a empezar desde el principio. —El entrenador volvió a juguetear con el cronómetro—. ¡Ah! Se me iban olvidando los cajones... Cada vez que pasen al lado, harán un ejercicio de relajamiento para las piernas: saltar turnando los pies. Ya saben cómo, ¿no?

Un suave gemido se extendió entre las filas de las chicas. Mike Munk permaneció totalmente impasible.

—¡En marcha!

No les quedaba alternativa. De modo que emprendieron el circuito endemoniado, una tras otra. Al cabo de unos pocos minutos, la camiseta nueva de Paula estaba salpicada de enormes manchas de sudor. Nunca había experimentado nada parecido en el club. A Jule le temblaban las rodillas después de los primeros ejercicios. No tenía ni la menor idea de cómo iba a lograrlo. Mia, en cambio, apretaba los dientes. ¡No se rendiría tan fácilmente!

No puedo dejar que piense que voy a tirar la toalla. Cuál sexo débil ni qué nada. Yo crecí con un hermano mayor, y no es que fuera muy suave que digamos. Cada vez que quería salir a trotar con él, me repetía que podía acompañarlo únicamente si podía igualar su velocidad. Jakob me enseñó a hacer bien las lagartijas hace años. Y me ponía a aplaudir en la mitad. Así que: ¡hasta caer! Incluso puedo seguirle el ritmo a Paula, aunque debo reconocer que está muy en forma.

Munk nos está torturando porque cree que vamos a renunciar y entonces él podrá librarse fácilmente de nosotras. Pero se equivoca. Al menos conmigo. Uy, justo acaba de ponerse a mi lado para ver si lo estoy haciendo todo bien. Y, claro, uno siempre puede encontrar algo que criticar. ¿Que contraiga más el abdomen? ¡Genial! ¿Qué rayos le pasa a este tipo? ¡Si ya tengo todo el cuerpo encalambrado! Prefiero mil veces trotar una hora. Pero quien quiere marrones, aguanta tirones. Y yo quiero jugar fútbol, cueste lo que cueste.

¡Uf, estoy sudando a chorros! Pero voy a demostrarle a este machista, y a Tim también, que el hecho de que me guste usar zapatos de tacón no quiere decir que sea una tonta. Es posible que sí hubiera menospreciado un poco el fútbol femenino, pero ellas también me menospreciaron a mí. Y, ahora, no pienso irme a ninguna parte…

Cuarenta y cinco minutos más tarde, no podían moverse ni medio milímetro. Solo Paula, Mia y Emina habían logrado hacer el circuito dos veces; las demás colapsaron después de la primera tanda y se derrumbaron en las bancas, resollando.

—¡Acabamos! —Mike Munk volvió a guardar el silbato en el bolsillo—. Señoritas, debo decirles que estuvo muy regular.

Elisa estaba visiblemente molesta.

—¿Cómo? ¿Ahora resulta que ni siquiera podemos patear el balón un rato? —Le dio una patada a una banca—. ¡Esto es increíble!

Munk la fulminó con una mirada helada.

—Contrólate un poco. ¿No oíste lo que dije al principio? Para que los balones puedan asomarse a la cancha, ustedes deben estar absolutamente en forma. Y todavía están muy lejos, ¡como lo demuestran sus jadeos! —El profesor de deportes paseó la mirada a su alrededor—. Pero, como al parecer tienen tanta energía, bien pueden guardar las bancas y las colchonetas. Los chicos están por llegar. Y ellos necesitarán toda la cancha despejada para poder jugar.

En ese momento, alguien se aclaró la garganta sonoramente en la tribuna. Nina König había estado observando todo el tiempo desde arriba, sin que la vieran, y lo cierto es que le había costado contenerse para no intervenir antes.

No había duda: aquello había sido malicia pura. Y ahora había pasado de castaño oscuro. Por eso se apoyó en la baranda con aire distraído y gritó con voz dulzona:

—¡Oye, Mike, los chicos también tienen que calentar! Y el circuito es prefecto para ellos. ¡Seguro que lo harán sin problemas! —Mostró una sonrisa irónica.

Munk se quedó boquiabierto. Había contado con cualquier cosa, menos con que Nina König fuera a observar la práctica de las chicas. Quería replicar algo, pero los chicos irrumpieron en el gimnasio en ese momento, con Tim a la cabeza. Llevaba un balón pegado a los pies, como siempre.

Rebosante de energía, regateó sin dificultad entre las bancas, a lo largo de la cancha.

"Un momentico", pensó Paula, "¡voy a darle una lección a este orangután!".

Tim no miró ni a derecha ni a izquierda; tan seguro estaba de sí mismo y de su juego. Entonces, Paula echó a correr, metió el pie derecho con un movimiento elegante en su trayectoria y le quitó la pelota sin la menor dificultad.

—¡Bravo! —celebró Nina König, aplaudiendo—. ¡Veo que tus chicas tienen un gran potencial, Mike!

Paula se mordió el labio para no soltar la carcajada. La expresión enmudecida del entrenador era para partirse de la risa.

En el vestuario, las chicas se dejaron caer agotadas sobre las bancas, como si acabaran de correr una maratón.

—Creo que me ahorraré la ducha —gimió Jule—. Y la cambiada. Lo haré en casa.

Paula se despegó la camiseta sudada del cuerpo.

—Pero la aparición de la señorita König estuvo de lujo, ¿o no? ¡El señor Munk no podía cerrar la bocota!

Mia se limitó a asentir con la cabeza. Estaba agotada, pero al mismo tiempo feliz de no haberse rendido. Aunque esa tarde sería de poca ayuda para su papás en la fonda.

Elisa le dio un golpecito a Paula en el hombro.

—Oye, quisiera saber qué tenían ustedes en mente. Nos pasamos todo el rato martirizándonos en las bancas y las colchonetas, ¿y al final ni siquiera pudimos ver un balón? ¿Qué rayos es eso? —Tenía la cara roja como un tomate.

—¡Yo tampoco me lo había imaginado así! —la secundó Marta, fulminando a Paula con la mirada—. Creía que la idea era jugar en serio y no de mentiras como en el parque. ¡Pero esto es una verdadera tortura!

—¡Es cierto! ¡Y no me extraña que el equipo masculino se llame KingKong, pues Mike Munk es un absoluto gorila! —intervino Maya—. Y tú tenías que hacer tu numerito con Tim al final, ¡como si fueras mejor solo porque jugabas en el club local!

Paula se debatía en su interior: podía entender que estuvieran furiosas por la manera como se había desarrollado la práctica.

—Pero si yo no escogí a Munk —respondió, afligida—. Y las cosas van a mejorar.

—Lo dudo —sentenció Elisa, escéptica, y se dio la vuelta.

—Yo, por lo menos, voy a pensar muy bien si pienso seguir sometiéndome a esta tortura. —Marta guardó enérgicamente en el morral la ropa empapada en sudor—. ¡Hay cosas mucho más agradables en el mundo!

Paula tragó saliva. Podía sentir cómo un asomo de desesperación le recorría el cuerpo. No quería que la maravillosa idea fracasara en el primer intento; deseó más que nunca que Semra estuviera a su lado. Las dos juntas habrían disipado las dudas. Las chicas guardaron sus cosas en silencio. Mia y Jule tampoco abrieron la boca. Una tras otra, fueron saliendo del vestuario sin decir palabra.

Paula se sentía fatal. En casa le esperaba una charla con su mamá sobre el insuficiente que había sacado en inglés. Este año no podía permitirse otra mala nota como esa. ¡Y encima, esta decepción inicial con el equipo fútbol! Empujó la puerta del gimnasio casi sin fuerzas, y en ese instante sonó su celular. ¡Semra!

—¿Dónde diablos estabas? —resopló—. ¡Creía que eras mi amiga! Pero ni siquiera fuiste capaz de venir a la primera práctica. ¡Y eso que la idea fue de las dos!

—¡Lo siento muchísimo! —Paula podía sentir la angustia en la voz de Semra—. Fue imposible, créeme. Tenemos que hablar. ¿Podemos encontrarnos en alguna parte?

Paula guardó silencio. Había pasado por demasiadas cosas como para que pudiera ceder tan fácilmente.

—Ahora no —respondió después de un rato—. Estoy hecha polvo, y además tengo que hablar con mi mamá. Veámonos más tarde… ¿A las seis, en mi casa?

Semra dudó un momento. Luego accedió:

—Bien. A las seis, en tu casa.

Los puntos sobre las íes

—Paula, definitivamente tienes que hacer un esfuerzo. —Su mamá le puso una mano en el hombro—. El inglés es importantísimo. Si no lo dominas, tendrás problemas más adelante en el trabajo. Hagas lo que hagas, necesitarás el inglés en cualquier parte.

Paula guardó silencio y alzó la taza de té que su mamá había puesto sobre la mesa de la cocina. La mujer cruzó los brazos.

—Por esta razón, he decidido que repasaremos el vocabulario todos los días cuando estés aquí. ¡Tal vez eso te ayude!

Paula volvió a poner la taza de té sobre la mesa, con tal fuerza, que el líquido caliente se derramó.

—¡Eso es precisamente lo que me saca de quicio! —dijo, furiosa—. Vocabulario, gramática… ¡estudiar, estudiar, estudiar! ¿Y dónde queda la diversión? Me lo meto todo a golpes en la cabeza y al día siguiente ya se me ha vuelto a olvidar. ¡Es inútil!

Su mamá suspiró.

—Ummm… Pero las películas esas del *High School* te gustan mucho, ¿no? Podrías verlas en inglés en vez de verlas dobladas. ¡Así se aprende un montón!

—Seguro —gruñó Paula—. ¡Pura diversión!

Su mamá reflexionó. Sabía lo mucho que le costaba a su hija amistarse con el inglés, pero no pensaba ceder tan fácilmente.

—Bien, tengo una mejor idea. A partir de ahora, hablaremos por lo menos media hora diaria en inglés. Tal vez así te des cuenta de lo divertido que es hablar otro idioma.

Paula refunfuñó.

—¡Genial! Siempre había sospechado que te gustaría tener una hija muda. Sobre todo cuando vuelvo después de haber pasado una semana entera donde papá. ¡Seguro que él no me sale con semejante invento! —Agarró la taza de té y salió disparada a su habitación.

—¡Al menos piénsalo! —le gritó su mamá por detrás—. Si no, tendré que ponerte en clases particulares. ¡Y entonces, tendrás aún menos tiempo para tus amigas y tu fútbol!

Paula echaba humo. Cerró la puerta con especial suavidad, aunque en realidad habría querido dar un portazo. Se echó en la cama y clavó la mirada en la foto ampliada del equipo del club que tenía pegada en la pared. Sintió que había pasado una eternidad desde el día en que le sonrió a la cámara junto con sus compañeros.

Su papá se había divertido al mostrar la foto en su oficina y preguntarles a sus colegas cuál de los jugadores era la chica. A Paula también le había parecido divertido en ese entonces, pero hoy no podía ni sonreír; estaba demasiado acabada.

Buscó el control remoto y encendió el equipo de sonido. Pink era justo lo que necesitaba en ese momento. Subió el volumen hasta el máximo.

Ay, qué pesadilla. Si a mamá le da por hablarme ahora en inglés, ¡seguro le entenderé lo mismo que ella a mí! O sea, nada… Dizque menos tiempo para el fútbol. ¿Desde cuándo le interesa? Si ni siquiera me preguntó cómo nos fue hoy en la práctica. Seguro que ya se le olvidó, nunca me escucha. Y eso que fue lo primero que le conté cuando volvió del viaje a Sudamérica.

¡A ella lo único que le importa es el rendimiento académico y las notas! En cambio, a papá le fascinó nuestra idea. Además, entendió que quiero seguir jugando fútbol. Él es mucho más relajado con las notas; a fin de cuentas, tampoco fue un alumno estrella en el colegio.

Pero, de todos modos, quiere hablar conmigo la próxima semana; se lo prometió a mamá. Se supone que quieren tener un frente unido en lo relacionado con mi educación. ¡Qué unido ni qué nada! Debieron haber pensado en eso antes, no ahora que la una está aquí y el otro allá.

Ahora las chicas me dan ese golpe mortal, en serio. Yo sé que Munk nos exprimió, ¿pero tenían que rebelarse así de golpe? No sé qué les pasa. A ninguna de ellas se le habría ocurrido la idea del equipo y ahora se quejan porque las cosas no salieron como esperaban, claro. Que hagan lo que les dé la gana. No pienso dejar que me fastidien por eso. Que no haya equipo femenino de fútbol, y punto. Además, Semra no vino. ¡Qué buena amiga! Y la idea era realmente excelente…

—¡Uy, parece que estás realmente molesta! —Su amiga apareció repentinamente, y sonreía. Paula no había oído el timbre—. ¿Todo bien? —gritó Semra para acallar la música atronadora y le bajó al volumen—. ¿Cómo estuvo el asunto? —preguntó, al sentarse en el borde de la cama.

—¡Creo que sería mejor que me explicaras dónde andabas antes de acribillarme con preguntas! —resopló Paula.

—Precisamente por eso estoy aquí. —Semra bajó la vista al suelo, avergonzada. Después, miró a Paula fijamente a los ojos—. ¡Las cosas no son tan fáciles como crees!

—¡Pues claro que no! —Paula bajó una lata de galletas del estante y trató de abrirla, malhumorada—. Pero ahora ya no te vemos nunca —se quejó, mientras observaba el pañuelo azul oscuro que le cubría la cabeza a su amiga.

Semra se estremeció: había sido un golpe bajo. Entonces, se debatió consigo misma pues habría preferido largarse enseguida, pero Paula era su mejor amiga, y sospechaba que debía estar muy desconcertada. ¿Cómo podría ella entender su cambio repentino? Por eso decidió hacer un esfuerzo.

—Paula, tú sabías que yo no estaba segura de si mis papás me dejarían participar en el equipo.

Paula asintió, malhumorada y desesperada por quitarle la cinta de celofán a la lata de galletas, como si no hubiera nada más importante en el mundo entero.

—Y cuando la señorita König dijo que el entrenador sería un hombre, llámese Mike Munk o como sea, ¡supuse que mis papás no me lo permitirían nunca!

El rostro de Paula se ensombreció aún más.

—¿Por qué no me lo dijiste? —Alzó la mirada—. ¿Eso quiere decir que no cuento contigo entonces?

Semra se acercó a su amiga y la rodeó con un brazo. Sabía lo importante que era para Paula contar con ella en la cancha.

—Espera un momento. Como ya me lo temía, estuve echándole cabeza durante las vacaciones. Primero, me acostumbré a llevar el pañuelo en la cabeza y a ayudar más en casa. —Semra podía ver los signos de interrogación en los ojos de Paula—. Para demostrarles que soy una niña "buena", en el sentido que le dan mis papás. Y eso los tranquilizó, pues siempre les ha parecido sospechoso que pase tanto tiempo con alemanes.—Suspiró—. A mis hermanos también les parece absurdo, pues al fin y al cabo vivimos aquí y no en Anatolia, pero saben que eso es lo que piensan nuestros papás y que, además, esperan que ellos me protejan. Al fin y al cabo, Davut y Cem son dos años mayores que yo. Y por eso —Semra respiró profundo una vez más—, hicimos un trato. Esta tarde. Antes no habíamos podido hablar con calma.

—¿Cuál trato? —Paula estaba muy intrigada.

—Me prometieron que no dirán nada del equipo de fútbol femenino. A cambio, yo les prometí que estaré cambiada y lista cuando los chicos entren al gimnasio para su práctica, después de la nuestra.

—¿Entonces, sí vas a jugar? —A Paula le brillaron los ojos. Pero su sonrisa se borró de golpe—. ¡Claro que no será ningún secreto que estás en el equipo! Ben se enterará enseguida, y todos los demás. ¡Aunque al final de la práctica estés sentada en la banca o no!

—Eso ya lo veremos —Semra mostró una sonrisa cansada—. Lo importante, por ahora, es que puedo participar. Y que Tim y Julius no vayan a ver cómo se me pega al cuerpo la ropa sudada…

Paula no pudo evitar una risa a medias.

—Sería peor que te viera Ben. ¡Las únicas curvas que les interesan a Tim y a Julius vienen en blanco y negro!

—¡Exacto! —Semra soltó una carcajada—. ¡Una combinación de colores que debemos evitar, si no queremos que nos confundan con el esférico!

Las amigas se apretaron la barriga de tanto reírse. Todo había vuelto a la normalidad entre las dos.

—Ahora, cuéntame cómo estuvo la práctica —resolló Semra cuando logró recuperar la respiración.

—Fue horrible —Paula volvió a recostarse en la cama relajadamente. Por alguna extraña razón, de repente tuvo la sensación de que todo podría mejorar. Contaba con Semra, y ella no la abandonaría—. Munk hizo despliegue de todas las torturas posibles: abdominales, lagartijas y sentadillas hasta caer. Me duele absolutamente todo.

Semra la miró con ojos compasivos.

—¿Y al menos pudieron jugar?

—¡Qué va! Por lo visto, Munk es de la opinión que debemos ganárnoslo primero. Pero te confieso que eso no fue lo peor. —Le contó la pelea en el vestuario—. Por un lado, entiendo que estén furiosas, ¡pero eso deberían decírselo a Munk, no a mí!

—Ummm… —Semra se quedó pensando un rato—. Puede que esa sea precisamente la estrategia de Munk. Por eso aceptó ser el entrenador… ¡Con lo machista que es! Eso es justo lo que él quiere: que nos peleemos y nos hundamos nosotras mismas. Así, el equipo femenino se habrá acabado incluso antes de haber empezado en serio. Y él podrá lavarse las manos y decir que queda comprobado que las chicas no servimos para el fútbol.

Paula miró a su amiga con los ojos muy abiertos.

—¿Y entonces?

—Pues entonces tenemos que ser más inteligentes que él. —Semra sacó una galleta de la lata que Paula había logrado abrir finalmente y se la llevó a la boca—. Tenemos que mostrarle que somos mucho más de lo que se imagina. —Masticó la galleta con deleite—. ¡Y, sobre todo, tenemos que mantenernos unidas!

Paula asintió.

—Tienes razón. Pero entonces, todas tenemos que ponernos de acuerdo. Deberíamos hablar mañana con Mia y Jule para pensar qué podemos hacer. ¡Encontrémonos después de clases en la fonda familiar! Yo las llamo a las dos y les aviso, ¿vale?

—¡Vale! —Semra tomó otra galleta—. Oye, ¿no tienes nada distinto a esta chillona de Pink? ¿Alicia Keys o algo así?

Paula no pudo contener una sonrisa.

—¿Algo más calmado, quieres decir? —Se empinó y bajó un disco compacto del estante—. Mira, este es el último. Me lo acaba de regalar mi papá. ¿Mejor?

—¡Perfecto! —Semra sonrió de oreja a oreja.

Alguien tocó a la puerta en ese momento. La mamá de Paula metió la cabeza y anunció:

—Dinner is ready! Semra, would you like to dine with us?[1]

—No, thank you[2] —respondió Semra cortésmente y le lanzó una mirada inquisitiva a Paula, que se limitó a poner los ojos en blanco—. ¡Uy, pero si ya casi son las ocho! —Se levantó de un brinco—. Tengo que irme. Hablamos mañana.

Paula asintió y acompañó a su amiga a la puerta de la casa. Allí, la abrazó de nuevo.

—Qué bueno que viniste —le susurró sobre el hombro. Después la miró a los ojos—. Lo lograremos, ¿cierto?

—¡Claro que lo lograremos! —reafirmó Semra—. ¡Chao!

La puerta se cerró detrás de ella.

Estoy tan feliz de que Semra haya venido. Al menos ya sé por qué sale corriendo después de clases y espero que pronto lleve un buen tiempo jugando a la niña buena, extraño pasar las tardes con ella. Pero lo importante es que jugará en el equipo. Juntas lo lograremos, sin importar que las otras se quejen.

No dejaremos que Munk nos hunda tan fácilmente. Vamos a mostrarle los dientes. ¡No se imagina lo que le espera! Tampoco dejaré que lo del inglés me agüe la fiesta. Claro que si mamá piensa que voy a hablarle en inglés ahora a la comida, está mal de la cabeza. Ya tuve suficiente por hoy, en serio. Me limitaré a asentir cuando diga algo. Además, tengo un hambre feroz, y no se debe hablar con la boca llena. Y después de comer, ¡caeré en la cama como una roca!

---

[1] *¡La cena está lista! Semra, ¿quieres comer con nosotras?*

[2] *No, gracias.*

—Ay, casi no puedo moverme. —Jule se dejó caer en el asiento y estiró todos los miembros mientras gemía. Los pantalones blancos se bamboleaban alrededor de sus piernas delgadas—. ¡No sabía que uno tuviera músculos en tantas partes!

Mia también se veía un poco maltratada, y salió arrastrándose, más que caminando, a la terraza de la fonda familiar.

—¿En serio quieren sentarse aquí afuera? —Mia alzó los hombros—. Hace un poco de frío, ¿no?

—Al sol se está bien —dijo Paula, mirando hacia el cielo y abotonándose la chaqueta de *jean*.

Jule levantó la mano en gesto de protesta.

—Pónganse de acuerdo aquí y ahora mismo, por favor. ¡No pienso moverme ni un milímetro más de la cuenta!

Semra sonrió.

—Creo que estoy hasta agradecida de no haber podido ir ayer a la práctica —dijo, mientras sacaba su silla de la sombra. Ya casi era octubre, y el sol parecía querer dar todo de sí por última vez. Semra era la única que llevaba un suéter con capucha bajo la chaqueta de tela clara—. Para no torturarlas más, iré a hacer el pedido. Yo quiero las brochetas de pollo. ¿Milanesa con papas fritas para ustedes dos? —Miró a Paula y a Jule, que asintieron enérgicamente. Después se volvió hacia Mia con gesto interrogativo—. Para ti una ensalada, como siempre. Sin pan, ¿no?

Mia hizo como si no hubiera oído la indirecta.

—¡Después del entrenamiento dietético involuntario de ayer, necesito una buena milanesa!

Semra alzó el pulgar y desapareció con grandes pasos en la fonda. La larga falda de lana se mecía alrededor de sus tobillos.

Mia sacudió la cabeza.

—Con esas zancadas, le quedan mejor los pantalones. ¿Las faldas también hacen parte de su nueva imagen? —preguntó, dirigiéndose a Paula, que se encogió de hombros.

—Ni idea. Pero no le digas nada, el tema ya es demasiado delicado de por sí.

—Ay —suspiró Jule—. ¿Será que sí fue buena idea lo del equipo? Semra tiene dificultades en casa, y nosotras, la bronca con Munk. El tipo es un verdadero sádico. En serio, le pareció divertido hacernos sufrir. Yo no sé si realmente quiera someterme a esto a la larga...

—... y esa es precisamente su intención —la interrumpió Semra, que había regresado sin que se dieran cuenta, y puso cuatro vasos de bebida sobre la mesa—: hacer que nos separemos lo más pronto posible.

—Pero no se lo vamos a permitir. —Paula se levantó, agitada. Se había despertado su espíritu batallador; lo había heredado de su mamá, que tampoco se rendía tan fácilmente, mucho menos cuando las cosas se ponían difíciles. Entonces, suspiró para sus adentros: desafortunadamente, eso incluía también todo lo relacionado con su hija—. Vamos a darle guerra.

—¿Y cómo? —Mia arqueó la cejas en un gesto inquisitivo—. ¿Acaso piensas enfrentártele? Eres muy elocuente, sin duda, pero no tienes ni la menor posibilidad contra un profesor. Él tiene la sartén por el mango, así de sencillo.

Paula volvió a sentarse. Ya tenía una idea. Se le había ocurrido por la noche.

—¿Qué opinan de que hagamos un entrenamiento adicional en la vieja cancha del parque? Una vez por semana. ¡Y ya veremos si Munk puede volver a dejarnos con la lengua afuera! —Bebió un buen sorbo de su refresco.

Jule dejó escapar un suspiro profundo.

—Pues él es capaz de apretar aún más las tuercas, sin importar cuánto entrenemos. ¡Por lo menos mis músculos no podrán soportarlo!

Paula pretendía replicar algo, cuando un balón pasó volando por encima de la verja de la fonda y cayó a sus pies.

—¿Crees que puedes jugar fútbol solo porque me quitaste el balón una vez? ¡Eso quisiéramos verlo todos! —Tim estaba en el andén, con las manos apoyadas en las caderas, los rizos castaños alborotados y un brillo desafiante en sus ojos color azul grisáceo—. ¡Ven a la cancha y muéstranos lo que eres capaz de hacer!

Paula se quedó muda un instante. El ataque le había caído de la nada, y Tim no estaba solo. Había traído consigo a sus KingKong, incluidos Julius y Ben. Este último miró a Semra con cara de "lo siento". La actitud de Tim le resultaba un poco vergonzosa.

Julius, en cambio, agregó:

—¡Todas parecen completamente acabadas! ¿Acaso vienen de enterrar al equipo de fútbol femenino?

Mia soltó una carcajada forzada.

—¿Por qué tu boca siempre es más ágil que tu cerebro?

Paula titubeó. No tenía ganas de una batalla verbal. En ese caso, prefería un enfrentamiento a brazo partido. Le dio una patada al balón con el pie izquierdo y lo lanzó al otro lado de la verja, describiendo un elegante arco.

—No pienso ir a ningún lado. Tenemos cosas importantes que discutir entre nosotras. Pero si te urge tanto, te reto a un partido de futbolín. ¡Ya mismo, aquí en la fonda! ¿O necesitas a tus gorilas para medirte conmigo?

Tim la miró un poco desconcertado; luego sonrió ampliamente y les hizo un guiño a sus amigos. Era casi tan bueno para el futbolín como en el campo.

—Bien, si no es hoy, será mañana —accedió—. La cancha puede esperar. Y si quieres que te dé una paliza aquí rodeada por tus amadas, ¡vamos!

* * *

El papá de Mia echó apenas un vistazo desde el otro lado de la barra cuando la manada irrumpió. Estaba acostumbrado a que ese fuera el punto de encuentro de los jóvenes del barrio.

—¡Me lo dejan intacto! —Fue lo único que gritó, amablemente, al ver que todos los chicos se agolpaban alrededor de la mesa de futbolín—. En invierno tendremos el torneo nuevamente, ¡así que lo necesitaremos! —Después siguió sacándoles brillo a las espitas.

—¿Quieren comer adentro? —les preguntó la mamá de Mia a las chicas, que se habían arrastrado pesadamente hasta el comedor.

—Ni idea —respondió Mia—. Pero eso tendrá que esperar de todos modos. Paula y Tim tienen un duelo de futbolín, ¡y es inaplazable!

—¡Entendido!

La dueña de la fonda se secó las manos en el delantal, al tiempo que se reía; su cuerpo entero se estremeció. De pie junto a Mia, un poco rellenita, vestida de *blue jean* y blusa blanca con el delantal florido por encima, no se parecía nada a su hija. Los rizos rubios estaban salpicados de mechones canosos. La mamá de Mia no se preocupaba mucho por su imagen, pero su rostro irradiaba una calidez y felicidad contagiosas.

—¿No hay problema? —preguntó Semra, cautelosamente. No dejaba de sorprenderle la manera como Mia le hablaba a su mamá. A ella no se lo habrían permitido nunca en su casa.

—¡Ningún problema! —contestó la mamá de Mia—. Después metemos la carne unos minutos en el microondas. Y papas fritas hay siempre. ¡Ustedes relájense! —Con estas palabras, desapareció en la cocina.

Paula se había ubicado ya a un lado del futbolín. Se veía fresca, como si hubiera estado esperando esa oportunidad.

—¡Empecemos! —anunció alegremente y agitó la barra de los tres delanteros en un gesto desafiante—. ¡Ya veremos quién ganará este encuentro!

Tim no esperó a que se lo dijeran dos veces. Lanzó la bola por el hueco de la mitad y la empujó con fuerza hacia adelante con uno de sus centrocampistas. Paula, que lo había imaginado, acomodó a sus defensas de un tirón para atajar la bola veloz. Pero no había contado con el rebote violento: la pelota rodó justo hacia el centro delantero de Tim. Con un movimiento diestro de la muñeca, la pelota voló con fuerza y precisión hacia la portería de Paula. Uno a cero ganando Tim, quien miró a su alrededor con gesto triunfal. Los chicos celebraron, las chicas se lamentaron.

Pero Paula no se dejó desanimar tan fácilmente. Tenía buen ojo, y había visto que Tim jugaba sobre todo con la fuerza, de modo que podía aprovechar sus debilidades técnicas. No habían pasado dos minutos cuando llegó el empate.

Luego siguieron golpe a golpe. Tim mandaba la bola con todas sus fuerzas hacia adelante; Paula aprovechaba cada descuido en la defensa. Al cabo de un rato, iban empatados a nueve.

Las tres amigas se abrazaban a la expectativa. Los chicos contenían el aliento. Todos sabían ya que se trataba de dos rivales de la misma categoría.

El saque era de Paula. Concentrada, lanzó la pelota desde el medio campo hacia adelante, pasando de una empuñadura a otra con virtuosismo; una mano siempre cerca de la barra de la defensa. Tim apretaba los dientes. Sus ojos seguían atentamente cada movimiento en el campo. Entonces, Paula cometió un error pequeño pero decisivo: en lugar de acomodar la bola con calma, movió la barra de los delanteros y perdió la pelota a los pies de la defensa de Tim. Justo la oportunidad que él estaba esperando. Con un pase preciso, lanzó la bola con todas sus fuerzas hacia adelante. El portero de Paula no alcanzó a pararla. ¡Diez a nueve ganando Tim! Este alzó los puños y lanzó una mirada triunfal a su alrededor. Luego se volteó hacia Paula.

—Fuiste una rival valiente —dijo con aire displicente y le ofreció la mano.

Paula dudó brevemente, después se la estrechó con una sonrisita.

—En algún momento me darás la revancha. —Las manos le dolían un poco por la fuerza con que se había aferrado a las empuñaduras durante los últimos segundos—. ¡Pero ahora quiero comer algo!

—Y nosotros queremos irnos a la cancha —respondió Tim, haciéndoles una seña a sus amigos.

Paula se dejó caer en un asiento, agotada. No había pasado ni un minuto cuando Jakob apareció con cuatro platos en las manos.

—Mamá me dijo que por aquí había cuatro bocas hambrientas.

Y esa era la imagen de los platos: las milanesas sobresalían por el borde y las papas se alzaban como torres junto a un lago de salsa de tomate. Las brochetas de Semra tampoco dejaban nada qué desear. Mia arrancó el plato de la mano de su hermano con avidez. Paula y Semra la imitaron. Después de siete horas de clases y el intenso partido de futbolín, tenían un hambre voraz.

—No estuviste nada mal —dijo Jakob, escuetamente, mientras miraba a Paula; después, se volvió hacia Jule—: ¿Y tú? ¡Adelante! ¡Si estás en los huesos!

Jule se sonrojó y bajó la mirada.

Jakob le puso el plato bajo las narices.

—Come, antes de que se enfríe. —Arrimó una silla—. Y ahora, pónganme al día. Ya me enteré del entrenamiento militar de ayer, pero ¿qué están tramando ahora? ¿O es un secreto?

Paula sacudió la cabeza y se metió otro bocado de milanesa en la boca. Las cuatro amigas no le ocultaban nada a Jakob… o casi nada. Al fin y al cabo, él se enteraba de todo por Mia. Ella quería a su hermano mayor sobre todas las cosas.

—Estamos pensando en cómo sobrevivir a las tretas de Munk sin que todo se vaya al traste desde ya —se le adelantó Mia a Paula, que no había terminado de masticar.

—Y en qué podemos hacer para que deje de torturarnos solo porque somos chicas —completó Semra.

—Ummm… —reflexionó Jakob—. A lo mejor deberían apuntarle a su honor masculino…

—¡Exacto! Eso fue justo lo que hizo la señorita König con su comentario después de la práctica. ¡Directo al corazón! Con eso de que los chicos también tenían que calentar y de si lo lograrían. Eso lo dejó mudo. —Mia interrumpió a su hermano y se ganó un golpe.

—¡Las chicas siempre tienen que quitarle a uno la palabra! —renegó, fingiendo estar molesto—. Pero en principio, tienes razón, hermanita. Háganle sentir que él es lo máximo y el mejor entrenador del planeta, ¡así las dejará patear el balón más pronto!

—¡No pueden estar hablando en serio! —Paula miró a los dos hermanos, indignada—. Encima de todo, ¿tengo que adular al muy gallito?

—¿Quieres jugar fútbol o no? — rezongó Mia.

Ay, ¿Paula por qué será tan inflexible? Se nota que nunca ha oído hablar de la diplomacia. ¿Cómo pretenderá conseguir novio algún día? Así funcionan los chicos: les encanta que los adoren, y después uno los tiene comiendo de la palma de la mano.

Bueno, quizás no todos, pero los tipos como Munk, sin duda. Y a Tim tampoco le gustó mucho que Paula lo pusiera en evidencia frente a todo el mundo el día del entrenamiento: por eso vino a desafiarla. Y ella aceptó enseguida, obvio. No puede evitarlo. Pero perdió. Aunque hay que reconocer que estuvo muy reñido.

Por alguna razón, eso le gustó a Tim. ¿Por qué el apretón de manos, si no? A mí ni me miró. Pero ya verá, ya llegará mi hora. Yo tengo algo distinto a los músculos y la técnica para ofrecer. Y ya se dará cuenta. En todo caso, la idea del entrenamiento adicional no está nada mal. Al menos así puedo zamparme una buena porción de papas fritas con más frecuencia. Seguro que un entrenamiento de esos consume bas-

tantes calorías. ¿Cómo hará Jule? Normalmente engulle todo lo que puede, pero es más flaca que un palo. Hasta yo podría cargarla.

Qué ternura como se puso de roja con lo que le dijo Jakob. Hasta podría pensar que... Ummm... Aunque Jakob también parecía muy emocionado. Increíble. Nunca se me habría ocurrido que le gustara Jule. Pero claro que tampoco ha tenido una novia de verdad hasta ahora. Quizás necesita un alma fiel como la de Jule.

—Bueno, tal vez tengan razón —cedió Paula finalmente—. Pero de todos modos vamos a entrenar por nuestra cuenta. Vamos a dejar a Munk boquiabierto, ¿de acuerdo?

—No tenemos alternativa. —Jule se pasó los dedos por su pelo recién cortado.

—Te queda muy bien —dijo Jakob, con tono aprobatorio.

Jule volvió a sonrojarse.

—A mí también me parece —coincidió Paula.

Solamente Mia discrepó:

—En cambio a mí me parece que te quedaba mejor largo. Ahora tendrás que lavártelo todos los días y echarte espuma para que no te quede como una escoba.

Jule la miró atónita.

—Pues eso lo harás tal vez tú y las chicas esas de los malditos programas de talentos, ¡pero yo seguro que no!

—¡Bueno, entonces no! —replicó Mia, en tono insolente, y se volteó hacia las otras—. No creo que a las demás chicas les emocione mucho la idea del entrenamiento adicional. Lo que ellas quieren es jugar fútbol, no ponerse en forma. Pero vale la pena intentarlo.

—¿Y cómo las convocamos a todas? —Paula se quedó pensando—. Tenemos que explicarles con calma... ¡Y antes del próximo lunes, preferiblemente!

—¿No tienen los correos electrónicos? —Jakob metió la cucharada—. Así, pueden avisarles a todas de una sola vez.

Las cuatro amigas lo miraron fijamente.

—¡Típico de hermano mayor! —se burló Mia—. Solo porque tienes un computador crees que todos tienen uno. ¿Para qué un correo electrónico si no se tiene fácil acceso a un computador? ¿Ya se te olvidó que solo puedo acercarme al tuyo con tu excelentísimo permiso y muy de vez en...?

—¡Ya sé! —Jule interrumpió la incipiente pelea de hermanos—. ¡Podemos poner otro aviso en la cartelera! —Sacó un papel y un lápiz del maletín rápidamente—. ¿Qué ponemos?

Las chicas discutieron un rato. Hasta que se pusieron de acuerdo: Encuentro el jueves en el segundo recreo.

Jule garabateó a toda prisa.

—Detrás del gimnasio, allá no podrán molestarnos.

—¿Y cuándo hacemos el entrenamiento? —preguntó Paula—. Podríamos darle una vuelta al parque y después jugar un poco. ¿Pasado mañana también?

Jule negó con la cabeza.

—¡Mis piernas no lo lograrían!

—Además, el viernes tenemos el primer examen de inglés —agregó Semra—. Yo tengo que estudiar. ¡Y a ti tampoco te vendría mal repasar el vocabulario!

—Sí, mamá. —Paula suspiró y le sonrió a su amiga—. El viernes entonces. Así las demás también tendrán tiempo de hacerse a la idea. ¡La unión hace la fuerza! —Paula se inclinó hacia adelante y puso los brazos sobre los hombros de Jule y de Semra—. ¡Lo lograremos!

Mia la imitó. Pero cuando se inclinó hacia adelante, también lo hicieron sus mechones de pelo rubio, los cuales aterrizaron sobre la salsa de tomate que quedaba en el plato.

—¡Qué asco! —refunfuñó, echándose para atrás enseguida. Y no podría haberlo hecho mejor, pues la chaqueta rosada quedó surcada de líneas rojas—. ¡Ay, nooo!

Mia trató de limpiarla desesperadamente con una servilleta. Las líneas se convirtieron en manchas, y las risitas contenidas de sus amigas en una carcajada sonora.

—¡Qué mala suerte la tuya! —dijo Jule, riéndose entre dientes—. Seguro tienes una maldición. ¿No quieres que te eche las cartas?

—¡Cállate! —Mia tiró violentamente la servilleta arrugada en el plato. La salsa de tomate salpicó la mesa.

Las chicas se levantaron de un brinco y gritaron en coro. Entonces, Mia tuvo que reírse también.

—¡Las chicas son unos seres muy extraños! —exclamó Jakob, sacudiendo la cabeza.

¡Lo lograremos!

—Nos vemos a las tres, entonces —les gritó Paula a Elisa y a Emina desde el pie de la escalera. Las dos se despidieron agitando la mano y corrieron a su salón. El recreo había terminado. ¡Solo faltaban dos horas para que empezara el fin de semana! Los alumnos revoloteaban por las escaleras, cual abejas en un panal.

—¡Qué bien que todas aceptaran! —dijo Semra, antes de acomodarse un mechón debajo del pañuelo rojo—. ¡Después de todo lo que dijeron en la reunión de ayer, no me lo esperaba!

Paula la tomó de las manos y giró con ella alegremente en círculo.

—¡Pero lo logramos! A la larga, todas queremos una misma cosa: jugar fútbol. —Sonrió—. Por eso, vamos a tragarnos nuestras quejas cuando el señor Munk diga cualquier cosa. Ya veremos cuándo nos deja acercarnos a una pelota. Y Jule hizo un trabajo excelente. Se mantuvo tranquila y sabía exactamente lo que quería. Así, era sencillamente imposible contradecirla. —Miró a su alrededor—. ¿Qué se hizo?

—Fue al baño, como siempre antes de un examen. —Mia alcanzó a las amigas danzantes y sonrió—. Por los nervios.

Paula se encogió de hombros.

—Qué curioso, si es la reina de los excelentes. Yo soy la que debería estar nerviosa. ¿Cómo es que son los tiempos verbales en las oraciones condicionales? —Miró a Semra con ojos interrogativos—. Pretérito con el conjuntivo uno y pluscuamperfecto con el dos, ¿cierto?

Antes de que Semra pudiera asentir, oyeron una voz a sus espaldas.

—Muy bien, Paula. Ya ves que vale la pena estudiar. —Nina König había aparecido en el corredor… con un paquete de hojas en las manos. ¡El examen!

Paula mostró una sonrisa forzada. Se había pasado la tarde entera sentada frente a los libros con la cabeza enredada. Y, además, había tenido que repasarlo todo después con su mamá. ¡Lo peor! Pero en ese momento se acordó de algo completamente diferente.

—Señorita König, ¿sería posible que el equipo de fútbol femenino tuviera un espacio propio en la cartelera de anuncios? Para informaciones y demás. Así, todas podrían ver enseguida que hay algo nuevo.

Esa había sido una propuesta de Elisa, que no había visto el anuncio de la reunión del día anterior entre la maraña de notas en la cartelera.

La señorita König frunció los labios.

—Por ahora, más bien concéntrate en el inglés. Después hablaremos de eso.

Empujó a Paula detrás de las otras hacia el salón. Cuando se disponía a cerrar la puerta, Jule llegó corriendo y se coló en el último segundo.

—¡Lo siento! ¡Había una fila larguísima en el baño! —dijo, y se sentó en su puesto.

La profesora paseó la mirada por el salón.

—Ahora ya están todos, así que podemos empezar.

Después de echarle una ojeada al examen, las manos empezaron a temblarle a Paula. ¡Maldición, era un montón! Esperaba no tener que echarle demasiada cabeza a cada pregunta, pues, si no, no alcanzaría a terminar en cuarenta y cinco minutos.

Semra le puso una mano en el hombro en un gesto tranquilizador y se le acercó un poco más. Paula no pudo evitar una sonrisa. Como si las mejores amigas pudieran leer la mente.

* * *

Jule llegó corriendo y jadeando por el sendero. Paula estaba ya en el lugar de encuentro en el parque. Su amiga se dejó caer a su lado en la hierba, respirando pesadamente.

—Uf, ya tengo punzadas en el costado —resolló.

Paula la levantó.

—Entonces, camina y respira regularmente. Inhala y exhala. ¡Eso ayuda!

Le mostró cómo hacerlo. Y Jule siguió su consejo, aun cuando se sentía bastante ridícula: inhalar en dos pasos, exhalar en cuatro. No era tan fácil como sonaba.

—Hay que concentrarse en serio —masculló, pero el dolor ya había empezado a ceder.

—Claro —dijo Paula—. ¡El deporte también requiere concentración, no solo el inglés!

—¿Y cómo te fue, por cierto? —preguntó Jule, que ya había empezado a respirar más tranquila.

—Pues al menos alcancé a contestarlo todo.

—Entonces, te fue mejor que a mí —intervino de pronto la voz de Mia, quien se acercaba a paso ligero. El pantalón negro y ceñido le llegaba apenas hasta el ombligo, y la camiseta rosada de manga larga le daba por la cintura; atado a la cadera, llevaba un saco que hacía juego con los colores—. Puse todo mal en lo de las oraciones condicionales. O, al menos, Semra lo puso todo distinto, y estoy segura de que ella tiene razón.

Paula sonrió.

—Yo mejor no digo nada. Ustedes saben que el inglés no es lo mío. ¡Miren, ahí vienen Elisa y Emina! ¡Excelente! Ahora solo faltan Semra y Carlotta. Las otras dijeron que llegarían directo a la cancha.

—¡Hola! —las saludó Emina—. Carlotta llegará también a la cancha. Me acaba de avisar con un mensaje de texto. Tiene que estudiar un rato porque el lunes tiene examen de geografía. Vendrá con Luisa y Marta.

—¡Genial! —Paula sonrió de oreja a oreja—. ¡Así, seremos suficientes para el partidito de después! ¿Qué será de Semra?

—Allí viene —dijo Mia, indicando hacia la otra orilla del lago.

Con una falda larga y un suéter de lana, Semra se acercó trotando y mirando constantemente sobre su hombro para comprobar que no la seguía nadie. Saludó a las chicas desde lejos.

—Ay, sé que llego un poco tarde, lo siento. Tuve que ayudar en casa porque mañana llega media familia de visita. Pero les dije que íbamos al cine con la señorita König, a ver una película inglesa sin subtítulos. Por eso me dejaron salir. —Echó el morral al suelo, se bajó la falda por sus caderas angostas y la dejó caer. Debajo llevaba un pantalón de sudadera que le llegaba a media pierna, y al quitarse el grueso suéter apareció una camiseta azul oscura. Entonces, les sonrió a las amigas con cara de disculpa—. Ya estoy lista, por fin.

Paula la disculpó con un gesto.

—No hay problema. De aquí a la cancha hay unos cuatro kilómetros. ¿Podrán todas? —Miró a su alrededor con ojos interrogativos. Solo Jule y Elisa se mostraron escépticas—. Tranquilas, iremos despacio. La que no pueda, va más despacio y ya. Lo importante es aguantar. ¡En marcha, compañeras! —Alzó sobre la cabeza el balón que antes se bamboleaba en su muñeca, dentro de una malla—. El esférico nos espera... ¡que ese sea un incentivo!

Las seis amigas arrancaron. Iban todas juntas al principio; después, se fueron formando grupos de a dos: Paula y Mia iban a la cabeza, seguidas por Emina y Semra, con Jule y Elisa en la retaguardia. Elisa empezó a jadear al cabo de un rato.

—Tengo punzadas en el costado —resolló.

—Inhala en dos pasos y exhala en cuatro, eso fue lo que me enseñó Paula —dijo Jule—. Y sí sirve. ¡Al menos, todavía aguanto!

Elisa se concentró en la respiración. Todavía podía sentir en los huesos la pulla del señor Munk: ¡"Señorita Jadeos"! No dejaría que volvieran a decirle así nunca. ¡No él, por lo menos! Aunque tuviera que entrenar todos los días durante las próximas semanas.

También Jule pensaba únicamente en la respiración. Sus piernas corrían como por su propia cuenta. Inhala... exhala; inhala... exhala, resonaba en su cabeza como un mantra. No había espacio para nada más. Ni siquiera para las palabras odiosas con las que habían vuelto a atacarse sus papás esa mañana. Ni para el silencio sepulcral que se había instalado después. A veces, tenía la sensación de que empezaba a enloquecerse cuando el ambiente se cargaba en su casa.

"Ahora ya sé qué puedo hacer en esos momentos", pensó. "Inhala... exhala. ¡Salir a trotar!".

La reja de la cancha apareció súbitamente ante sus ojos. No podía creer lo que estaba viendo. ¡El trayecto era mucho más largo en su recuerdo! Trotó hasta el campo.

—¡Muy bien! —la recibió Paula—. ¡Lo lograste!

Las otras habían llegado ya y estaban haciendo ejercicios de calentamiento o corriendo alrededor de la cancha.

Paula sacó el balón de la malla.

—¿Pateamos un rato la pelota? De un lado a otro, sin porteras.

Las chicas formaron un círculo a su alrededor.

—A ver... la mitad tiene camisetas de color rojo, naranja —miró a Mia de reojo—, o rosado; la otra mitad tenemos colores oscuros. —Paula pateó la pelota con la rodilla y la atrapó con las manos—. ¿Les parece bien que nos dividamos así? ¿O prefieren escoger?

—Da lo mismo. Además, no hemos jugado nunca entre nosotras —respondió Elisa—. Y, de todos modos, ya está claro quién es la mejor. —Paula se sobresaltó, pero Elisa ya se había dado la vuelta—. ¡Empecemos antes de que nos enfriemos!

Las chicas se acomodaron en la línea central. El saque era para el equipo oscuro. Semra pateó la pelota hacia el área; los años de entrenamiento en la portería le daban seguridad. Elisa alzó el pie para atajarla, pero con poca decisión. El balón resbaló sobre su zapato y voló sobre su rodilla levantada. Jule se rio entre dientes, tapándose la boca. Era demasiado divertido ver a Elisa persiguiendo la pelota confusamente. Entonces, apareció Mia, quien desvió la esférica con el interior del pie y pasó a su lado a toda velocidad. Sin embargo, en cuestión de segundos, un pelotón de camisetas oscuras rodeó a Mia, poniéndola en aprietos.

—¡Hola, colegas! —gritó—. ¿Nadie se ofrece a recibirme el balón?

Marta levantó un brazo para indicarle que estaba libre. Con todas sus fuerzas, Mia metió la punta del zapato debajo del balón para pasárselo, pero este no tenía ninguna intención de volar en la dirección deseada y rodó dando tumbos hasta los pies de Paula.

¿Y ahora qué hago? Podría pasarlas a todas fácilmente y llevar el esférico hasta la portería; pero desde ya puedo ver las

caras largas: esta quiere mostrarnos cómo funciona el asunto. Elisa fue bastante clara hace un momento. Pero si lo paso y precisamente Elisa se enreda... Ummm... Una cosa es patear la pelota en la calle, pero avanzar con ella mientras intentan quitártela es todo un arte. Y, además, todas patean con la punta, como acaba de hacer Mia. Así no se tiene ningún control. O qué tal Jule, que se apartó de puro susto justo cuando iba directo hacia ella.

Eso no pasaría nunca con los chicos en el club, ellos tienen más agallas. Lo importante es apoderarse de la pelota. Es verdad que las chicas son muy distintas. Ante la duda, prefieren echarse para atrás. Y eso está bien, ¡pero no en el fútbol! Aquí hay que atacar, robarse el balón y aguantar, ¡pase lo que pase!

Claro que debo reconocer que Mia no lo hace nada mal. Corre por todo el campo y siempre está donde está la pelota. En cambio, Elisa pone cara de ofendida cada vez que se la quitan. Y Carlotta y Luisa no hacen más que reírse como bobas. ¡Eso tampoco pasaría nunca con los chicos!

En fin, si queremos lograr un buen equipo, tenemos que esforzarnos. ¡Atención, Elisa, la pelota es tuya!

Esta vez, Elisa paró el balón con valentía y lo orientó con un giro ligero hacia la portería. ¡Adentro! Paula respiró aliviada. Unos pocos minutos después, se quedó quieta. El suave sol otoñal había empezado a ocultarse.

—¡Eso estuvo genial! —les gritó a las demás—. ¿Están bien todavía?

—¡Claro! —Elisa mantuvo el balón en el suelo—. ¿Y qué opina la experta de nuestro juego?

Paula no se dejó intimidar.

—La experta quiere saber si les interesaría hacer unos ejercicios con la pelota. Pude ver que muchas de ustedes le pegan con la punta del pie, pero eso no es bueno. Si le dan con el interior pueden tener un mejor control. ¿Les parece bien si practicamos un rato?

Las chicas se miraron mutuamente. Aquello olía a trabajo, pero sabían que esa era la única manera de acercarse a su meta.

—Voto a favor —dijo Jule, finalmente.

Como nadie la contradijo, ni siquiera Elisa, Paula se robó el balón y se dirigió al área de penalti.

—Bien, ahora hagan una fila. Yo les paso la pelota y ustedes me la devuelven. Recuerden: recíbanla de manera que puedan controlarla, y devuélvanmela con precisión.

Las chicas se acomodaron una detrás de otra. Paula le pasó el balón a Elisa, pero esta se había distraído brevemente y la pateó apenas con el tobillo. La pelota rodó débilmente junto a Paula, que la recuperó rápidamente y se la pasó a Mia. Esta estaba tan concentrada, que no se dio cuenta de que había sacado la lengua al recibirla con el pie derecho y devolverla con gran precisión.

—Oigan, ¿ya empezaron el entrenamiento profesional? —preguntó de pronto una voz a sus espaldas.

Los KingKong habían bajado corriendo por la loma que separaba la cancha del terreno de una vieja fábrica. Tim y Julius iban por delante; solo faltaba Ben.

Mia se puso colorada. ¿Cuánto tiempo llevaría Tim observándolas?

—Nada mal, Mia. Solo debes asegurarte de tener el esférico bajo control antes de pasarlo. —Mia se puso aún más colorada. No había contado con semejantes palabras de aliento. Pero Tim ya se había dado la vuelta hacia las otras—. Claro que no es suficiente para medirse con nosotros. —Otra vez había asumido la pose del experto engreído—. Sería como si Birgit Prinz tuviera que enfrentarse a Ronaldo. ¡Mejor no! No queremos que se lastimen sus delicados piecitos, ¿cierto, chicos?

Con estas palabras, se volteó hacia sus ruidosos acompañantes.

—Me temo que eso no sucederá nunca. —Julius se rascó detrás de una oreja.

—Ya veremos —replicó Elisa, secamente, y les hizo una señal a las chicas para que la siguieran.

Más broncas con Munk

—Y cada vez que añadan una nueva palabra al "racimo", dejen volar la imaginación. Todo está permitido, incluso las ideas más absurdas. Así, tendrán una buena base para su historia o su poema. —La señorita König miró a su alrededor con expresión seria—. Si para el fútbol solo se les ocurre esférico o portería, están fuera de juego. Chilena o pepinazo es otra cosa. Entonces…

Sonó la campana del primer recreo. Los alumnos cerraron los cuadernos.

—Bien, cada uno debe hacer dos racimos de palabras para mañana: uno sobre el tema "América", el otro es libre —dijo la profesora con voz fuerte, para acallar la algarabía que comenzaba a ascender—. ¡Y ahora, todos al patio!

—En serio, ¿tenemos que salir? —se quejó una chica—. Es que hace tanto frío…

—… pero está seco —replicó la señorita König, imperturbable, y se echó el pelo hacia atrás—. Y mientras no haya hielo, ¡hay que salir al aire! ¡Por disposición del ministerio!

Un par de estudiantes se quejaron y se levantaron con marcada lentitud. Pero Mia no.

—¿Vamos a jugar? —les gritó a Paula y a Semra por encima de las cabezas de los demás—. ¿Trajiste el balón?

—¡Claro! —Paula asintió y le susurró a Semra—: Mia está realmente insaciable. ¡Es impresionante cómo ha entrenado estos meses!

—Es que cuando uno tiene un objetivo en la mira... —Semra dibujó un corazón en el aire— es un incentivo.

Paula se rio entre dientes.

—¡Todo un incentivo! Y lo cierto es que Mia se ha metido totalmente de cabeza.

Las cuatro amigas descolgaron sus abrigos de los ganchos. Estaban a mediados de enero y hacía mucho frío. Mientras las otras tres se cerraban la cremallera sobre la marcha, Mia apenas estaba terminando de acomodarse la bufanda, de modo que asomara justo lo necesario sobre el cuello.

—¡Oigan, espérenme! —gritó, pero a sus amigas se las había tragado ya la marea de estudiantes, que las empujó hacia la puerta para luego escupirlas en el patio. Mia se abrió camino detrás de ellas.

—¡Apresúrate! —le gritó Paula por encima de los hombros—. La cancha de atrás del gimnasio está libre todavía, pero seguro que los chicos...

—Ya van para allá —la interrumpió Ben, que las seguía a pasos agigantados.

—¿Y dónde están tus colegas? ¿Despiojándose el pelaje? —Paula miró a su alrededor y vio a Tim en la escalera. Mia, que también lo había visto, miró inmediatamente en otra dirección. Julius casi había alcanzado a Jule.

—Uf, la señorita König está mal de la cabeza, ¿no te parece? —refunfuñó—. Racimos de palabras, ¡qué pereza!

Jule apretó el paso. No podía soportar la quejadera eterna de Julius. Poco después se reunió con Paula y Semra, que ya estaban con Carlotta, Marta y Elisa en la pequeña cancha de atrás del gimnasio.

En realidad, estaba prohibido jugar fútbol en el patio del colegio, pero la señorita König había hablado con la rectora para que les permitiera a los futbolistas ejercitarse durante los recreos. La señorita Jeske no había puesto objeción; incluso, le había pedido al conserje que pusiera una malla alrededor, lo suficientemente alta como para que la pelota no saliera volando. En un fin de semana, las chicas habían pintado cuidadosamente una línea central y dos pequeñas porterías. Desde entonces, todos los días había una carrera hasta la cancha, que le pertenecía al que llegara primero. Hoy habían ganado las chicas, claramente.

—Jueguen, jueguen —dijo Tim, con su aire presumido—. Nosotros solo queremos hablar sobre el festival de deportes, que tendrá también un pequeño torneo de fútbol. Ustedes van a participar, ¿o no?

Las chicas lo miraron sorprendidas.

—¿Cuál torneo? —quiso saber Mia.

—Pues el de principios de abril. —Tim estaba asombrado—. ¿El señor Munk no les ha dicho nada?

Paula frunció el ceño.

—Pues no.

—Qué raro —dijo Ben—. A nosotros nos contó desde antes de Navidad. La idea es que se enfrenten un par de equipos. Todos del colegio, los que quieran participar. También hay un equipo de profesores. Y nosotros, claro. Nada profesional, pero seguro será divertido. El señor Munk es el organizador.

Paula sintió cómo la ira crecía en su interior, y podía leer lo mismo en los ojos de sus compañeras: el condenado de Mike Munk había vuelto a menospreciarlas, a pesar de todo lo que habían entrenado durante los últimos meses. Ya podían hacer el circuito de ejercicios sin ningún problema. Se reunían regularmente para trotar en el parque y ahora podían correr diez kilómetros seguidos.

La práctica adicional en la cancha también empezaba a dar resultados: aunque el señor Munk seguía reprochándoles que no tenían ni idea de fútbol, últimamente les ponía cada vez más ejercicios con la pelota, las hacía regatear alrededor de los conos o practicaba con ellas a hacer pases precisos a lo ancho del gimnasio. Paula tragó saliva. Por lo visto, MM no las había tomado en serio.

—Hasta habíamos especulado sobre un posible encuentro con ustedes —dijo Tim, con una sonrisa irónica.

—Aunque seguro no será la final —agregó Julius.

Ben puso los ojos en blanco. Tim y Julius vivían presumiendo delante de las chicas. Por eso, se limitó a decir:

—Pregúntenle al señor Munk. Y vámonos, chicos. También podemos charlar allá en el patio. —Paseó la mirada fugazmente hacia Semra—. Pero mañana nos toca a nosotros, ¿vale?

—Vale —se adelantó Paula, pues lo único que quería era que se fueran. Cuando la última espalda hubo desaparecido tras la esquina del gimnasio, se dirigió a las demás con gesto interrogativo—: ¿Y ahora?

—Pues ahora vamos a tener una buena charla con MM. —Elisa sonaba decidida—. Si piensa que puede quitarnos de en medio, está muy equivocado.

—Exacto —Marta, Mia y Emina asintieron en coro.

—Y participaremos en el torneo, de eso no hay duda —completó Jule, con gran énfasis—. ¡No puede impedírnoslo!

Paula no pudo evitar una sonrisa, por más furiosa que estuviera. Era muy emocionante ver el compromiso de todas.

—Bueno, chicas, entonces quedamos así —dijo. El miedo de que el equipo femenino de fútbol fuera a separarse se había disipado hacía tiempo—. ¿Echamos un par de tiros antes de que suene la campana?

—¡Cómo no! —gritó Mia, le quitó el balón y se alejó regateando a toda velocidad. Paula y Elisa salieron disparadas detrás de ella.

—Los tiempos en que podías ganarnos fácilmente son cuestión del pasado, mi querida —dijo Elisa, antes de robarle el balón a Mia y pasárselo a Marta esquivando a Jule.

—¡Por fortuna! —le gritó Paula.

* * *

—¡Aceleren un poco! —Mike Munk se había plantado con los brazos cruzados frente al cuarto de materiales—. ¿O no quieren hacer ningún ejercicio de técnica hoy?

—¡Claro que sí! —resonó por todo el gimnasio.

Como todos los lunes, las chicas estaban dando las vueltas de calentamiento.

—Muy bien —gritó el señor Munk, dando un golpecito en el cronómetro—. ¡Entonces, aprieten el paso!

Paula y Elisa se miraron. Era el momento preciso. Habían vuelto a discutirlo antes en el vestuario y habían tomado la decisión de no abordarlo justo al llegar. Pero ahora sí. Entonces, corrieron a toda velocidad y se detuvieron frente a Mike Munk, jadeando.

—Nada de hacerse la cansadas, señoritas —dijo él con aspereza—. Más bien saquen los conos. Hoy haremos una pequeña competencia de regate. Ya veremos quién llega hasta el final con el balón en el pie. —Esbozó una sonrisa burlona—. ¡No serán muchas, con seguridad!

—Pues qué suerte entonces que todavía quede bastante tiempo para el torneo —dijo Elisa con voz dulzona—. De aquí a entonces lo dominaremos, ¡con usted como entrenador!

Aunque intentó que no se le notara, Munk estaba pasmado.

—¿Hasta cuándo hay plazo para inscribirse? —preguntó Paula con cara de inocente.

Las demás chicas estaban terminando la última vuelta y se habían reunido alrededor de Elisa y Paula. Doce pares de ojos se dirigían expectantes hacia el profesor de deportes.

—No tengo ni la menor idea de qué me están hablando —respondió, haciéndose el que no sabía.

—Pues qué raro —Jule se hizo la asombrada—, creía que usted era el organizador. ¡Al menos, eso fue lo que dijeron los chicos!

Mike Munk achicó los ojos. Un ataque de rabia en ese momento no habría sorprendido a las chicas en absoluto, pero no les importaba. Querían una respuesta. Y MM se las dio.

—¡Ah! ¿Se refieren al torneo de fútbol del festival de deportes? —preguntó, con una sonrisa desdeñosa—. Pero si está en la planeación. Y ya se les avisará con tiempo. —Después dio unas palmas—. ¡Bueno, marchando! No más cháchara. Paula y Elisa, traigan ya los conos y dos cajones pequeños. Y tú, Jule, trae los balones. ¡A ver si empezamos algún día!

—Qué idiota —susurró Elisa y le lanzó una mirada sugestiva a Paula, mientras se dirigían al cuarto de materiales.

—Se escurrió como un anguila —susurró Jule, que venía detrás, y descolgó del gancho la malla de los balones.

Paula agarró una pila de conos.

—Pero al menos ya está enterado de que sabemos…

—¿Se quedaron dormidas o qué? —ladró Mike Munk desde afuera—. No quiero empezar a echar raíces. ¡Así que, por favor, dense prisa!

El profesor de deportes había recuperado su forma habitual y agitaba los brazos con aire arrogante.

—Ahora van a formar dos grupos, pero sin alharacas. Unas a la izquierda, otras a la derecha. Cada grupo toma un cajón y lo pone con la abertura hacia arriba en una esquina de la cancha; luego, organizan un eslalon con cinco conos. —Para mostrarles lo que quería decir, tomó un par de conos y los distribuyó por el suelo—. Así. El otro grupo igual. Yo tendré los balones en la línea central y se los iré pasando. —Sonrió sarcásticamente—. Ustedes se acomodan en fila y vienen de a una en una, reciben el balón, regatean entre los conos, disparan y encestan la pelota en el cajón. ¿Está claro?

Las chicas asintieron. El profesor se plantó junto a los balones.

—Hagan un esfuerzo por mantener el balón siempre cerca del pie. La siguiente empieza cuando este haya entrado en el cajón. Por ahora, no me importa si regatean con izquierda o derecha, o si controlan con el interior o el exterior del pie. Eso lo dejaremos para la próxima. ¡Empezamos!

Paula arrancó enseguida. Corrió relajadamente hacia el balón, lo recibió con el pie izquierdo y regateó tranquilamente con ambos pies entre la hilera de conos. El balón aterrizó en el cajón con un sonoro pum. Mia, Emina y Elisa también sortearon con bastante elegancia el recorrido por entre los obstáculos de neón.

Ahora era el turno de Semra. Notó que el entrenador la examinaba con recelo, pero hizo como si no se hubiera dado cuenta. Condujo ágilmente el balón entre los conos y lo encestó con absoluta precisión.

Luisa y Carlotta recorrieron el camino más bien a trompicones. Después seguía Jule, que recibió el balón con el pie izquierdo. Y sin saber cómo lograría llevarlo hasta el final, pasó corriendo junto a los conos para luego frenar con la espinilla contra el cajón. El silbato retumbó en ese momento.

—Eso es todo por hoy. —La voz de Mike Munk sonaba molesta—. Empiezan a verse unos pequeños progresos, pero del espíritu futbolista no hay ni rastro. ¡Todavía tienen un largo camino por recorrer!

Semra echó un vistazo al reloj de la pared. Casi las tres y media. Los chicos aparecerían en cualquier momento. El señor Munk solía terminar más que puntual para alcanzar a fumarse un cigarrillo.

—Tengo que irme, ¿pueden recoger por mí? —les dijo a sus amigas en voz baja, mientras se apretaba un poco el pañuelo de la cabeza.

Paula asintió.

—Claro, no te preocupes. ¡Vete rápido!

—¿Cómo así que tienes que irte? —Munk le cortó el paso a Semra—. La práctica no ha terminado todavía.

Semra lo miró horrorizada.

—Pero si siempre me voy un poco antes porque debo ayudarles a mis papás. —No pensaba revelarle el verdadero motivo a MM.

—Nosotras recogemos por ella. —Paula se apresuró a apoyarla—. No hay ningún problema.

—Ese no es el caso. —Mike Munk se plantó delante de Semra. A su lado, se veía muy delicada y pequeña, casi como una niña—. Ustedes son un equipo, y uno no abandona a su equipo solo porque tiene que hacer otra cosa. Todos sus miembros tienen que tirar de la misma cuerda, aun cuando se requiera un poco más de tiempo. Diles a tus papás que llegarás un poco más tarde o que les ayudarás otro día. Además —el profesor de deportes alzó la voz—, ¿por qué llevas siempre ese pañuelo en la cabeza? ¡Hasta en los colegios turcos está prohibido! —Soltó un bufido—. ¡Una simple cinta sería mucho más adecuada para una práctica deportiva!

Semra estaba al borde del llanto; Paula, por su parte, estaba a punto de explotar. Del puro susto, Jule dejó caer los conos que ya había apilado. No podía apartar la vista del reloj. ¡Los chicos entrarían en el gimnasio en cualquier instante!

—¡Uy! —exclamó Mia y se llevó las manos a la cabeza—. Otra vez me siento mareada —dijo con voz débil, mientras se inclinaba sobre Semra, que estaba a su lado—. Igual que la vez pasada, cuando me desmayé. Necesito aire. —Le lanzó una mirada suplicante al entrenador.

Este se limitó a asentir, disgustado. Mia se había desmayado hacía un par de semanas. Así no más, en plena práctica. Problemas de circulación, había dicho el médico, algo normal en las chicas de su edad, sobre todo cuando bebían muy poca agua durante el ejercicio, había dicho en tono de amonestación. Mike Munk no quería revivir semejante espectáculo.

—Pues entonces vete —le dijo—. Pero no sola.

—Semra puede acompañarme. —Mia apoyó la cabeza en el hombro de su amiga—. Me da vueltas todo.

Munk soltó otro gruñido, pero no dijo más. Mia salió del gimnasio tambaleándose y apoyándose en Semra. Tan pronto la puerta se cerró a sus espaldas, se incorporó.

—Al vestuario, rápido —dijo con voz totalmente normal. Semra la miró desconcertada. Mia la empujó hacia adelante—. ¡Corre, antes de que aparezcan los chicos!

Semra se dejó caer en la banca del vestuario. Estaba pálida.

—Entonces, ¿no te estás sintiendo mal?

—¡Qué va! —Mia se soltó el pelo—. Pero parecía de verdad, ¿cierto? —agregó, no sin cierto orgullo en la voz—. Tenía que liberarte de las garras de MM de alguna manera. ¡Y prefiero hacer una escena antes de que te metas en problemas!

—Gracias —susurró Semra y se quitó la camiseta sudada. El top que llevaba por debajo estaba lleno de motas de lana. Sollozando, apoyó la cabeza en las manos. Le temblaba todo el cuerpo. Mia le puso una mano tranquilizadora en la espalda.

—¡Pero si lo logramos!

Semra alzó la mirada.

—¿Y la próxima vez? ¿Y si al señor Munk le da otra pataleta? —Le temblaba hasta la voz—. ¿Sabes qué? A veces siento que ya no puedo esconderme más.

Mia guardó silencio. No sabía qué decirle en realidad.

¡Pobre Semra! Qué estrés. Y solo porque los papás no deben enterarse de que está en el equipo de fútbol, dizque porque es indecente y no es para chicas y tal. En serio que no me cabe en la cabeza. Y en cambio sus hermanos pueden hacer todo lo que quieran. Es absurdo. ¿Cómo irá a hacer para el torneo de fútbol? Allí todos la verán con la camiseta sudada. ¿O será que no va a jugar?

Uf, yo sí que tengo suerte, puedo hacer de todo. Y no porque a mis papás les dé lo mismo, como en el caso de Jule, sino porque piensan que debo hacer lo que me gusta. Y siempre me preguntan cómo me fue. La verdad es que somos una familia de lujo. Mis papás tienen mucho trabajo, cierto, y a mí me toca ayudarles en la fonda, pero siempre hay tiempo para conversar o para comer juntos. Y mamá siempre emana su buen ánimo, incluso cuando papá se pone nervioso. "No te preocupes", le dice y sigue adelante. Y eso ayuda. Al menos a mí. Solo le faltaría adelgazar un poco. Pero como vive comiendo chocolates... ¡Dizque alimento para los nervios! Pero, bueno, a papá le gusta como es. Ellos verán. Lo importante es que están bien juntos, porque cuando oigo las historias de Paula y Jule... Uf, qué suerte la mía. Además, tengo a Jakob, ¡y no lo cambiaría por nada en el mundo!

La unión hace la fuerza

Brrrm... Brrrm... Brrrm... El celular zumbaba sin parar junto a la cama de Paula, que soltó un gemido y hundió la cabeza en la almohada. Pero el zumbido no paraba.

—¿Eh? —masculló con la esperanza de poder seguir durmiendo. Pero se equivocaba.

—¡Hola, Paula, es Jule! —exclamó una voz muy despierta—. ¿Ya estabas dormida?

Paula entornó los ojos bajo los párpados cerrados. Se sentía como si ya hubiera pasado la medianoche, y rogó porque su papá no hubiera oído nada, pues no le gustaba que hablara por teléfono de noche.

—¿Eh? —murmuró, soñolienta—. ¿Que pasó?

—Paula, estuve pensando en todo nuevamente. Toda la historia de Semra y etcétera. Además del torneo de fútbol y el idiota de Munk, que insiste en menospreciarnos. —Jule hizo una pausa elocuente—. Por eso, nos eché las cartas esta noche.

—Ajá. —A Paula todavía le costaba hablar—. ¿Y eso no puede esperar hasta mañana? —dijo, con gran esfuerzo.

—Si así fuera, no te habría llamado. ¡Pero es que nunca había visto nada parecido! —Jule no podía contenerse de la emoción—. Las cartas fluían en mis manos, como si alguien más tuviera el control. En serio, ¡nunca me habría esperado semejante resultado!

Entonces a Paula le picó la curiosidad. Abrió los ojos y buscó el vaso de agua en el estante. Si Jule llamaba tan tarde, debía ser realmente importante.

—¡Ahora no me dejes en suspenso! —Paula tragó saliva y se aclaró la garganta para poder hablar mejor—. ¿Qué fue lo que dijeron tus maravillosas cartas?

—¡Que todo va a salir bien! —exclamó Jule.

Paula empezaba a arrepentirse de haber mordido el anzuelo. Nunca había creído realmente en las cartas de Jule. Pero ahora ya estaba despierta.

—¿Hay alguna indicación más precisa o eso es todo?

—¡Claro que sí! —Jule no se dejó intimidar por el tono gruñón de su amiga—. Va a pasar algo con lo que no contábamos. Y no es algo malo, sino una oportunidad... para nosotras. Y si la aprovechamos, y estoy segura de que lo haremos, nos espera al final la gran fortuna. La suma sacerdotisa. No puedo explicártelo mejor así tan rápido. ¡Pero no podía ser mejor!

—Ummm... —Paula seguía escéptica—. Supongo que las cartas no te dijeron qué será ese algo ni cómo debemos aprovecharlo.

—¡Pues claro que no! —Jule estaba ofendida. Una vez más, su amiga no era capaz de entender las fuerzas de la magia—. Pero esa no es la idea. Lo importante es que se nos presentará una buena oportunidad. ¡Para mí, eso es más que suficiente!

Paula suspiró.

—Bueno, pues si así es, entonces podemos dormir tranquilas. —Jule no respondió. Paula se frotó los ojos y bostezó con ganas, aunque no quería despachar a su amiga tan toscamente—. Oye, Jule —dijo, haciendo un esfuerzo por ahogar el siguiente bostezo. Tampoco hubo respuesta del otro lado del auricular—, gracias por contármelo. Creo que realmente voy a dormir mejor. ¡Dulces sueños!

—Ajá —susurró Jule, sonriendo audiblemente. Y colgó.

* * *

Al lunes siguiente, las chicas estaban bastante desanimadas cuando se reunieron para la práctica. Sospechaban que MM les tendría preparada otra lección de "espíritu futbolista", y que ellas no darían la talla, para variar.

El entrenamiento adicional, con el que solían darse ánimos, había quedado, literalmente, congelado: la vieja cancha estaba sepultada bajo una gruesa capa de nieve, y había tanto hielo en los senderos, que cada par de pasos concluía con un golpe en el trasero. La única que sonreía era Jule.

—Esperen y verán —insistió—. ¡Todo va a salir bien!

Las otras se limitaron a mirarse y empezaron a cambiarse en silencio.

—Faltan apenas dos meses para el festival de deportes. —Elisa expresó lo que todas estaban pensando—. Y si el señor Munk sigue torturándonos así, tal vez podríamos presentarnos como una compañía de circo, ¡pero nunca como un equipo de fútbol de verdad! —Miró a Paula de reojo—. No basta con un solo talento, ¡pero a lo mejor podrías redondear nuestro numerito bailando y meneando las caderas sobre la pelota!

Paula apartó los ojos, espantada. Hacía un buen tiempo que Elisa no había vuelto a increparla de ese modo y creía que la pose competitiva era cosa del pasado. Pero, por lo visto, se había equivocado.

Mia intervino en ese momento. Estaba a punto de ponerse la camiseta rosada, pero entonces se la lanzó sorpresivamente a Elisa a la cabeza.

—¿Por qué no dejas la quejadera? —preguntó con voz indignada, y se apresuró a esconderse detrás de una banca al ver que Elisa estiraba la mano para agarrar un zapato.

Elisa tomó impulso, pero Semra la tomó del brazo.

—¡Para! Somos un equipo. Y ustedes lo han demostrado constantemente durante las últimas semanas... al menos a mí. —Logró reprimir un ligero temblor en la voz—. Si no fuera por este equipo, ¡yo no podría jugar fútbol de ningún modo!

—Pues eso es muy bonito y todo —opinó Marta, mientras guardaba sus cosas en el casillero—, pero una cosa es la amistad, y otra, jugar bien. Además, según el señor Munk, ¡no tenemos mucho que ofrecer en lo relativo a la segunda!

—¿Ahora vas a empezar tú también? —Mia se había vuelto a asomar por detrás de la banca. Recogió su camiseta del suelo, la sacudió brevemente y metió la cabeza en la abertura—. Yo creo que en los últimos meses hemos mejorado bastante, ¡y no pienso dejar que MM me convenza de nada distinto!

Dicho esto, se dirigió al gimnasio con paso firme. Semra la siguió tras un breve titubeo. Jule, que había guardado silencio y se había limitado a sonreír para sus adentros, se les unió. Las demás chicas fueron saliendo del vestuario poco a poco; incluso Elisa se dejó empujar por Marta después de un ligero gruñido.

Pero el gimnasio estaba vacío. No había rastro de Mike Munk, que solía esperarlas con los ojos clavados en el reloj. El cuarto de los materiales estaba cerrado.

—¿Qué rayos está pasando? —Mia no podía dar crédito a sus ojos—. ¿Será que MM se olvidó de nosotras? —Soltó un bufido de disgusto—. No me extrañaría, viniendo de él. Pero si cree que puede abandonarnos así no más, sin decir ni mu, ¡está muy equivocado! —Tomó un sorbo de agua de su botella—. Iré al salón de profesores a averiguar en dónde se ha metido. A lo mejor está sentado frente al computador investigando en Internet en busca de jugadas sofisticadas para sus gorilas. Pero no se preocupen, ¡le pondré todos los puntos sobre las íes!

Mia era capaz de eso y mucho más. A la hora de la verdad, no había cómo detenerla. El respeto adulador no era lo suyo. Entonces, se puso en marcha con paso resuelto.

—¿Y qué hacemos nosotras mientras tanto? —preguntó Semra, en medio del silencio generalizado.

—Creo que un par de vueltas no nos harían daño —dijo Marta, y arrancó.

Las chicas corrían describiendo un gran círculo por el borde del gimnasio y aún no habían perdido el aliento, cuando Mia atravesó la puerta. Estaba pálida y miraba a su alrededor en busca de un sitio donde sentarse.

"¿Qué pasó?", "¿Hablaste con él?", "¿Decidió que ya no quiere entrenarnos?", "¿Se acabó el equipo?", preguntaron todas al tiempo.

Mia meneó la cabeza. El color volvía apenas lentamente a su rostro.

—El señor Munk tuvo un accidente.

—¡¿Qué?! —gritó Jule, antes de taparse la boca con la mano.

Mia alzó las manos en un gesto tranquilizador.

—Hablé con la secretaria y me contó que salió en bicicleta a comprar algo antes de la práctica, pero se le atravesó un carro y no pudo esquivarlo, por el hielo. La bicicleta quedó fatal, pero él tuvo suerte. Un par de rasponazos, una muñeca torcida y una pierna rota. ¡Menos mal que nuestro profesor ejemplar siempre lleva casco! —Mia no pudo evitar una sonrisa. El impacto iba pasando poco a poco—. Por ahora, está en el hospital, y es probable que tenga que pasar allí una semana.

—¿Y qué pasará con nuestro equipo? —Elisa había vuelto a expresar lo que la mayoría estaba pensando, pero se ganó un par de miradas reprobatorias—. Es decir —se apresuró a explicar—, me parece terrible que haya tenido un accidente y me alegra que no le haya pasado nada grave. Pero… —carraspeó, e insistió—: ¿Y nosotras, qué?

—Pues debemos seguir entrenando sin el señor Munk —respondió Paula, como si fuera lo más evidente del mundo—. De todos modos, podemos usar el gimnasio a esta hora. ¿Qué más nos lo impide?

Fue como si hubiera alborotado un avispero. "¿Pero qué estás pensando?", "¿Cómo vamos a hacer nosotras solas?", "¿Quién nos va a decir qué ejercicios hacer?". Todas hablaban al tiempo. Solo Jule guardó silencio y le hizo un guiño alentador a su amiga.

—Ya lo dije antes y no me importa repetirlo ahora —dijo Mia, con voz firme, al cabo de unos minutos—: Creo que hemos aprendido muchísimo en los últimos meses, y no todo ha sido en el gimnasio con Munk. Paula tiene razón. ¡Podemos lograrlo solas!

Las chicas menearon la cabeza, vacilantes. Hasta Semra parecía escéptica.

—Oye, Mia —soltó Marta de repente—, hace un rato dijiste que probablemente el señor Munk estaría investigando en Internet para sus gorilas. Según tengo entendido, hay un montón de instrucciones en las páginas web de los equipos y los clubes. Es más, hace poco vi un video de la práctica de una jugadora de la selección nacional. —La misma Marta estaba sorprendida por la manera como había tomado la iniciativa—. No tengo ni idea de cuáles de ustedes tendrán acceso a un computador, pero deberíamos buscar a ver qué encontramos. ¿Qué opinan?

Las chicas asintieron. Solo Elisa seguía recelosa.

—¡Excelente! —Paula miró a su alrededor—. Por lo visto, estamos de acuerdo. —Los gestos eran cada vez más favorables. Paula sonrió—. Entonces, busquemos a ver qué encontramos: consejos, indicaciones, etcétera. Y en vez de reunirnos en la cancha nevada, veámonos el próximo sábado en mi casa para organizar nuestro propio plan de entrenamiento. ¿Les parece?

Ni siquiera Elisa opuso resistencia. Las chicas salieron del gimnasio en desbandada. Eso sería todo por hoy.

—Estuviste muy bien —le susurró Semra a Paula, que sonrió ensimismada.

—¿Sabes qué es lo que más me alegra?

Semra la miró extrañada.

—Pues no…

Paula sonrió irónicamente.

—Que a los chicos nunca se les ocurriría entrenar por su cuenta. Ellos se creen invencibles y piensan que pueden ganarnos a ojo cerrado. ¡Pero están muy equivocados!

—¡Uno a cero, ganando tú! —Semra abrazó a su amiga—. ¡Y sin haber jugado!

¡Las dichosas cartas de Jule tenían razón! No puedo creerlo. Aunque quién sabe qué vaya a pasar. Y me alegra que no le haya pasado nada grave a MM, si bien a veces puede ser un verdadero cretino. Pero, ahora, le demostraremos lo que somos capaces de hacer. Casi todas están de acuerdo. Ya convenceremos a las dudosas de siempre.

¡Por fin, una luz al final de este invierno espantoso! Al menos ya sobreviví a la Navidad. Es cierto que tanto mamá como papá hicieron su mejor esfuerzo, pero eso de celebrar juntos ya no es una opción para ellos. Yo me pregunto por

qué. ¿Por qué no podemos pasar juntos al menos una noche al año? ¡Como una familia de verdad!

Pero no: según mamá, ya no somos una familia. ¡Bah! Tal vez para ellos no, pero para mí sí. Que no sean capaces de soportarse es algo que se sale de mis manos. Solo por eso tengo que celebrar una Navidad aquí y otra allá. Es lo peor, en serio. Un reproductor de MP3 por parte de mamá y unos patines en línea por parte de papá son muy buenos regalos, no lo niego, pero preferiría que volviéramos a ser una familia de verdad. Claro que ya me puedo ir sacando esa idea de la cabeza.

Lo que sí no puedo aguantar mucho más es ese ir y venir de una casa a la otra. ¡O vivo donde mamá o vivo donde papá! Pero es tan difícil... Y, en realidad, quiero ambas cosas... En fin, de todos modos puedo ir a visitar al otro con frecuencia. Aunque no es lo mismo. A lo mejor, Jule puede echarme las cartas algún día. Quién sabe, hasta es posible que me ayude...

—Bueno, ¡más tarde les preparo algo de comer! —gritó el papá de Paula, alegremente, desde la cocina—. Pero háganme un favor: ¡no griten demasiado! Todavía tengo que trabajar un rato en el estudio y el griterío de fondo no ayuda.

—¡Sí, claro! —Paula acababa de abrir la puerta del apartamento—. Aunque no lo creas —gritó hacia el otro lado del corredor—, ¡vamos a discutir cosas importantes!

Una tras otra, las jugadoras del equipo femenino de fútbol fueron llegando y se quitaron las chaquetas y los zapatos en el recibidor.

Paula pasó fugazmente por la cocina y le dio un golpecito en el hombro a su papá.

—¡Ay! —gritó él, fingiendo estar ofendido—. ¡Si quieres contar conmigo, no deberías maltratarme!

—Solo quería demostrarte que las chicas, además de hablar, también podemos actuar. —Paula sonrió y abrió la alacena de las chucherías—. No tendrás nada en contra, ¿o sí?

Sacó dos paquetes de papas fritas y le lanzó una mirada radiante y cautivadora a su papá. Él asintió con una sonrisa de satisfacción.

—¡Empecemos entonces! —Paula hizo crujir los paquetes de papas y les indicó a las chicas que la siguieran. Había puesto una manta sobre la cama y montones de cojines en el suelo para que todas pudieran acomodarse. Marta y Carlotta se echaron en la cama inmediatamente; Emina, Jule y Mia se sentaron en el suelo. Al cabo de un rato, ya se habían ubicado todas. Menos Elisa, que se había quedado de pie junto a la puerta de la habitación. Paula se sentó despreocupadamente en el asiento del escritorio y le hizo una seña.

—Todavía hay puesto en la cama, ¿pueden correrse un poquito?

Elisa se sentó, vacilante y más tiesa que una vela, como si fuera a levantarse en cualquier instante.

Paula fue directo al grano.

—¿Qué encontraron? ¡A lo mejor deberíamos empezar juntando la información!

Marta se sacó del bolsillo un par de papeles doblados.

—Yo busqué ejercicios de regate, sobre todo, pues el señor Munk vive diciendo que eso es lo que más necesitamos practicar.

—Y yo traje un libro de fútbol de Jakob. —Mia alzó el libro para que todas pudieran verlo—. Me dijo que tiene buenos consejos... jugadas, ejercicios para el ataque, trucos para la portería. Su entrenador se lo recomendó hace un tiempo. Estuve ojeándolo y vi que tiene muchas ilustraciones que parecen fáciles de seguir.

Las demás también habían investigado en bibliotecas e Internet y sacaron sus conclusiones de los morrales.

—Y ahora, ¿qué hacemos con todo esto? —preguntó Mia—. Alguna tendrá que decidir y dirigir la práctica, ¿no?

Todos los ojos se enfocaron automáticamente en Paula, que se retorció incómoda en su asiento, sobre todo porque podía sentir la mirada fulminante de Elisa. No quería tener que volver a oír que ella siempre lo sabía todo. Se quedó pensando.

—Tengo una idea —dijo—. Metámoslo todo en una carpeta y nos turnamos la dirección de las prácticas entre todas. ¿Qué les parece?

Un murmullo general inundó la habitación. Incluso Elisa parecía haberse interesado súbitamente, o por lo menos había relajado la postura, como pudo ver Paula con el rabillo del ojo.

Mia aplaudió emocionada.

—Creo que es una excelente idea. Y si nadie tiene nada en contra, me gustaría empezar. —Miró a su alrededor con gesto interrogativo.

—¿Por qué no? —Elisa había abierto la boca por primera vez—. Y yo quisiera ser la siguiente.

—Muy bien, decidido entonces. —Mia se levantó de un brinco—. Paula, ¿dónde escondiste las papas? ¡Me muero de hambre!

—Oigan —Marta atrapó una de las bolsas que les había lanzado Paula y la abrió ruidosamente—, ¿no creen que necesitamos un nombre y un lema para el torneo?

—¡Pues claro! —Paula se dio un golpecito en la frente con una mano—. ¡No se me había ocurrido!

—Pensemos... —intervino Carlotta—. ¿Cómo se llaman los equipos de fútbol normalmente?

—El del club se llamaba 1. CF Neustad. ¡CF por "club de fútbol"! —informó Paula.

—Eso lo sé hasta yo —refunfuñó Emina—. Pero a veces se llaman también "deportivo algo" o "atlético no sé cuántas".

—CF es mejor —sentenció Mia—. Como el Bayern München. —No perdía oportunidad para mencionar a su equipo favorito—. Además, el de los chicos se llama "deportivo".

—Deportivo KingKoooong. —Carlotta alargó deliberadamente la o—. Es ridículo. Se nos tiene que ocurrir algo mejor.

—A ver... —Mia miró a su alrededor—. ¿Qué es lo que nos hace especiales?

—Que somos el primer equipo de fútbol femenino del colegio —pensó Jule, en voz alta.

—Y jugamos como solo pueden hacerlo las chicas: ¡con estilo y emoción! —agregó Maya—. ¡Como verdaderas *soccer queens*!

—¡Ay! ¡Tú y tu manía con el inglés! —le recriminó Marta.

—¡Jugamos solo chicas! —exclamó Luisa emocionada.

—¡Ya sé! —gritó Paula—. ¡Somos el primer club de fútbol solo para chicas!

—¿Y qué opinan de 1. CF Reinas del balón? —gritó Elisa.

Entonces se desató una discusión acalorada: unas estaban a favor de 1. CF Reinas del balón, las otras preferían 1. CF Solo para chicas.

—Bueno, bueno, así no vamos a ningún lado —gritó Mia después de un rato—. Sometámoslo a votación.

—Buena idea —asintió Jule—. ¿Quién vota por 1. CF Reinas del balón?

Cinco brazos se alzaron enseguida.

—¿Y quién vota por 1. CF Solo para chicas? —Jule miró inquisitivamente a su alrededor—. Siete. Abstenciones: ninguna. Siete contra cinco, a favor de 1. CF Solo para chicas. La diferencia es escasa, pero definitiva.

Las chicas asintieron en gesto de aprobación. Paula sonrió de oreja a oreja, pero la sonrisa se le congeló en los labios al percibir la mirada hostil de Elisa. Se notaba que no estaba nada contenta con el resultado de la votación.

Pero Marta la sacó de sus pensamientos.

—¿Y el lema?

—¿Como esas chillonas de los equipos estadounidenses? —Maya rechazó—. ¡Eso sería hacer el ridículo!

—¡No digas bobadas! Nosotras nos apoyamos mutuamente, ¡que se entere todo el mundo! —Mia ya había echado a volar su imaginación.

—Podríamos empezar por: Luchar unidas, es nuestro objetivo... —continuó.

—... ¡Jugamos fútbol tan bien como el deportivo! —Esto último lo había agregado Semra, quien se tapó la boca con la mano, impresionada, pues normalmente, le costaba mucho hablar en público. Pero con el equipo se sentía libre y despreocupada.

—Ummm... —Jule reflexionó un rato—. Nada mal, pero creo que todavía le falta algo.

—Estoy de acuerdo —asintió Emina—. Buscamos la victoria... ¡o algo así!

Para entonces, todas ardían de entusiasmo y gritaban al mismo tiempo: "¡Somos un equipo!", "¡Exacto!", "¡Nos mantenemos unidas!".

—Como un equipo vencemos con el corazón... —continuó Carlotta.

—... porque somos... —agregó Marta y miró a su alrededor buscando ayuda—. ¿Qué rima con corazón?

Elisa había mirado por la ventana todo el tiempo, haciendo mala cara. Pero, en ese instante, se volvió hacia las chicas.

—¡Está clarísimo! —dijo, como si fuera lo más normal del planeta—. ¡Las reinas del balón!

Primero se hizo silencio, luego estallaron todas en júbilo:

—Luchar unidas, ese es nuestro objetivo.
¡Jugamos al fútbol tan bien como el deportivo!
Como un equipo vencemos con el corazón,
¡porque somos las reinas del balón!
¡1. CF Solo para chicas!

Se levantaron de un brinco y saltaron por toda la habitación. Hasta Elisa se unió a la fiesta, como pudo comprobar Paula, aliviada. Alguien tocó a la puerta.

—¿Sí? —gritó Paula para acallar el ruido.

El papá de Paula entró en el cuarto con una bandeja llena de sándwiches.

—Como no había posibilidad de trabajar con este griterío, ¡preparé algo para sus estómagos hambrientos!

—¡Genial! ¡Muchas gracias! —gritaron todas al tiempo y se abalanzaron sobre la bandeja.

Paula estaba dichosa. ¡Su papá era el mejor de todos!

Cuenta regresiva

—Bien. —Mia dejó caer la pesada carpeta en la banca de la línea de banda del gimnasio—. Ya calentamos.

Delante de ella estaban las chicas, coloradas y respirando todavía con dificultad. En los últimos quince minutos, habían sido poco benevolentes consigo mismas: habían hecho carreras mientras trotaban, habían brincado y hecho cuclillas sin parar.

—Pasemos ahora a la técnica. —Mia hojeó en la carpeta—. Dónde era que… Ajá, ¡aquí está! —Alzó la mirada—. He pensado que podríamos practicar los pases y los tiros al arco en movimiento. —Miró a Semra—. Lo siento, pero tendrás que trabajar sin descanso, ¿está bien?

Semra asintió y se enfundó las manos en los guantes.

—¡Será todo un placer!

Mia se volvió hacia las demás.

—Bueno, en este ejercicio hay que ir pasándose el balón entre dos, la que llegue primero al área, tira al arco. Aquí dice que "lo importante es hacer pases precisos, controlar la entrega del balón y el tiro certero al arco". ¡Empecemos!

Las chicas se organizaron en parejas. Mia le pasó el balón a la primera pareja. Elisa lo pateó y corrió hacia delante, Paula se lo devolvió con una vaselina y Elisa disparó al arco, pero no con la velocidad suficiente como para que Semra no pudiera atajarlo tranquilamente con los puños.

—¡Excelente! —gritó Mia desde un lado—. ¡Siguientes!

Emina y Marta arrancaron, después siguieron Carlotta y Jule.

—¡Me quito el sombrero! —sonó una voz desde la tribuna—. Han evolucionado muchísimo durante los últimos meses.

Las chicas alzaron la mirada, sorprendidas. Allí estaba Nina König, con las manos apoyadas en las caderas.

—¡Hola, señorita König! —gritó Mia, muy metida en su papel. Se acomodó la carpeta debajo del brazo y se encaminó hacia la tribuna con paso diligente—. ¿Ha tenido noticias de MM, que digo, del señor Munk?

Nina König reprimió una sonrisa. Sabía que MM remitía a "Mega Macho" y no a Mike Munk; un apodo que, en su opinión, el profesor de deportes se había ganado merecidamente.

—Lo último que supe es que ya salió del hospital. Pero todavía falta para que vuelva al colegio.

—¿Y quién está organizando entonces el torneo de fútbol del festival de deportes? —se atrevió a preguntar Marta—. ¿O lo cancelaron?

—¡Yo creía que ese era el motivo por el cual estaban entrenando como locas! —se rio Nina König—. Si quieren, pueden usar el gimnasio una hora más. Los chicos no vendrán, como no tienen entrenador…

Paula le lanzó a Semra una mirada triunfal.

Elisa no se dio por satisfecha con la respuesta.

—¿Pero quién va a organizar el torneo si el señor Munk no está? —insistió.

La sonrisa de Nina König se extendió aún más.

—¡Yo!

—¡¿Usted?! —Mia no podía creerlo—. Pero… ¿Tiene alguna…? Es decir… —Buscó las palabras adecuadas con desesperación—. Eh… ¿Acaso… sabe algo de fútbol?

Nina König sonrió de oreja a oreja.

—Voy a bajar para reunirme con ustedes —anunció, alejándose de la baranda—, así podremos hablar mejor. Además, ahora que tienen más tiempo para entrenar, pueden permitirse una pausa.

Subió las escaleras con pasos ligeros y desapareció de su vista.

—Ya veremos en qué termina esto —murmuró Mia—. El señor Munk es un machista, pero por lo menos es un profesional. ¡Seguro que lo primero que hace la señorita König es un racimo de palabras sobre el tema "torneo"!

Apenas había terminado de decir esto, cuando la profesora apareció en el gimnasio y las saludó agitando la mano.

—Pues bien —empezó—, debo confesarles que no le he prestado atención al fútbol durante los últimos veinte años.

Mia miró a su alrededor con cara de "lo sabía".

—Pero antes —continuó la profesora—, dedicaba todo mi tiempo libre a patear el esférico.

Mia frunció el ceño, sorprendida. Las chicas escuchaban con atención.

La señorita König continuó. Hacía mucho tiempo que no había vuelto a hablar de sus aspiraciones futbolísticas, pero ahora se habían abierto las compuertas.

—Mi papá era entrenador del club de fútbol local. En casa, todo giraba también alrededor de los pases, los tiros y los goles, y mi papá no se cansaba de patear balones conmigo en el parque. —Nina König sonrió, meditabunda—. Cuando crecí, empezó a llevarme al club. Él entrenaba a su equipo y yo observaba desde la banca. Cuando terminaba el entrenamiento, practicaba conmigo. Después de un tiempo, ya le costaba atajar mis tiros al arco. Me había enseñado todo lo que sabía y estaba orgulloso de su hija. Quería que jugara fútbol en serio, en un equipo, que siguiera aprendiendo.

Nina König se enderezó. No era fácil hablar de lo que había sucedido después. Las chicas no la interrumpieron: todas escuchaban sin parpadear.

—Mi papá quiso inscribirme en el club, pero lo único que encontró fue burlas sarcásticas. "¿Una niña jugando fútbol?", fue la reacción generalizada. El defensor de los jóvenes dijo despectivamente que era una fantasía; nada que pudiera tomarse en serio. —La profesora tiraba nerviosamente de su suéter de capucha; le temblaba un poco la voz—. Fue un golpe duro para mi papá. En esa época no existía aún la primera división femenina, claro, pero ya había una selección nacional. Y él creía que su hija quizás, podría llegar así de lejos. Pero lo cierto es que estaba bastante solo. —Hizo una pausa muy sugestiva—. Imagínense… ¡No estamos hablando de la Edad Media, sino de finales de los años ochenta! Pero a las chicas no se les había perdido nada en este supuesto deporte masculino. —Suspiró—. Desde entonces, no he vuelto a tocar un balón.

Mia tragó saliva. No se lo había esperado. Las otras también estaban notoriamente conmovidas. Nina König se levantó de repente.

—Pero ahora —anunció con ojos chispeantes—, lo que más quisiera es jugar un partidito, ¿qué dicen?

—¡Por supuesto! —Semra fue la primera en pronunciarse. Era la que podía comprender mejor lo que debía haber sentido su profesora en aquel entonces. Su caso no era muy diferente, y eso que ya habían transcurrido dos décadas.

Paula ya estaba en la cancha, Mia no dudó en dejar la carpeta debajo de la banca, y las demás se levantaron enseguida. Formaron dos grupos espontáneamente; unas se agruparon alrededor de Paula, las demás se quedaron con Mia.

La señorita König estaba dichosa.

—¿Y quién es la otra portera?

Marta carraspeó. Desde la última práctica con Mike Munk, había estado pensando que ella podría reemplazar a Semra en caso de que no pudiera presentarse. Entonces, se armó de valor.

—Aunque no sea para siempre, ¡creo que hoy me gustaría intentarlo! —Marta se había puesto colorada de la vergüenza, pero de todos modos se mostró decidida.

—¡Muy bien! —Nina König tomó el balón—. ¡Listo, señoritas, vamos a demostrarles a los chicos quiénes vienen con toda! —Y echó a correr.

Al principio, las chicas tardaron un poco en perseguir a su profesora, hasta que Mia salió disparada y le quitó el balón para empujarlo enérgicamente hacia la dirección contraria. Luego, sondeó la situación con un vistazo fugaz y le hizo un pase a Jule, que estaba totalmente libre afuera a la izquierda. La pelota voló directo hacia ella, pero Nina König se interpuso en el cuadro. Con decisión, se atravesó en la trayectoria del balón, lo detuvo con el pecho y se lanzó al ataque una vez más.

—Nada mal —murmuró Paula, mientras se lanzaba también al ataque—. ¡Nada, pero que nada mal!

Entonces, alzó la mano para indicarle que estaba libre, pero no contaba con Jule y sus piernas largas. Aunque todavía le costaba pasar el balón con precisión, era cada vez más ágil. Nadie marcaba a sus rivales como Jule, que parecía prever cualquier maniobra de evasión o distracción. Y ahora estaba presionando seriamente a Paula, por lo que a la señorita König no le quedó otra alternativa que disparar ella misma al arco. Pero Marta, con su metro sesenta de estatura, estaba atenta y brincó cual resorte para atajar el balón y devolverlo inmediatamente al campo.

Mia y Elisa se miraron. ¡Ahora o nunca! Mia se apoderó de la pelota y le hizo un pase largo a Elisa, que estaba ya en el área, y la pateó con la parte exterior del pie hacia la esquina derecha… ¡y Semra no pudo hacer nada!

—¡Goooool! —celebró Mia.

Jule corrió a abrazar a Elisa con tal energía, que dejó a la autora del gol casi sin aire.

—¡Uf, creo que necesito un descanso! —Nina König se dejó caer en el suelo, jadeando. Varios mechones se le habían salido de la banda de caucho con el que se había recogido el pelo. Tenía las mejillas coloradas y la camiseta totalmente pegada al cuerpo—. ¡Se me había olvidado todo lo que hay que correr! Una cosa es la técnica, y otra, la condición física. —Examinó los rostros de sus alumnas, mucho menos agitadas—. ¡Mis respetos, señoritas! ¡Están en excelente forma! Todavía les falta pulir un poco la técnica, ¡pero ya lo lograrán! —exclamó, con una sonrisa alentadora.

Mia, que todavía no podía creerlo, le sonrió, desconcertada.

Esto nunca me lo habría esperado de la señorita König. Y es realmente buena... ¡después de todos estos años! Debe haber sido muy duro tener que enterrar su sueño del fútbol. Es como si yo tuviera que desechar mi sueño del modelaje solo porque ya no aceptan rubias. El mundo es muy raro. No es nada fácil lograr lo que uno quiere, hay que superar obstáculos constantemente. Porque se es mujer o muy pequeño o porque a los papás les parece indecente o qué sé yo. Es muy injusto.

Uno no puede hacer nada aparte de mantener su meta siempre en la mira. Y luchar. Además, ¡si uno cuenta con la ayuda de alguien como la señorita König, es muy afortunado! Este ha sido el partido más divertido y relajado que hayamos jugado. Claro que cuando jugábamos en la vieja cancha nos divertíamos mucho, pero nunca nos sentíamos bien del todo, por alguna razón.

Los chicos se han burlado siempre, y Mike Munk... Mejor dicho. Qué distinto que es cuando alguien cree en uno, así como la señorita König cree en nosotras. De esa forma, ¡sí que es posible sentirse como una verdadera reina del balón! Aunque todavía estemos muy lejos de la perfección.

No importa. ¡Lo lograremos! Darse cuenta de esto hace mucho bien. Y Marta se ha superado increíblemente. ¿Qué tal como paró ese disparo? Seguro que el señor Munk no le habría dado la oportunidad. Pero es que él no está satisfecho con nada...

—Hemos reunido consejos para entrenar —comentó Mia, entusiasmada, mientras sacaba la carpeta de debajo de la banca y se la pasaba a la señorita König—. Aquí está todo. ¡La idea es aprovechar al máximo el tiempo que queda de aquí hasta el torneo!

La profesora hojeó entre la carpeta con interés. Gotas de sudor chorreaban por su frente y caían en el papel. Jule le pasó un pañuelo, sin decirle nada.

—Esto está excelente, el señor Munk no podría hacerlo mejor. ¿Y quién lleva las riendas? ¿Tú, Mia?

Mia negó con la cabeza.

—Nos turnaremos todas las semanas, para que ninguna se sienta relegada —completó, mirando a Elisa de reojo.

—Buena idea. Además, eso las unirá aún más como equipo. Nada de jerarquías, todas tirando de la misma cuerda. —Se enjugó los mechones sudorosos con el pañuelo de Jule—. Organizar el entrenamiento por su propia cuenta es la mejor escuela. —Nina König se quedó pensando, meditabunda—. El festival es a principios de abril, es decir, en nueve semanas. O sea que les quedan unas ocho o nueve prácticas de dos horas. —Recorrió las hojas de la carpeta lentamente con los dedos—. En este tiempo podrán hacer una buena cantidad de ejercicios, y yo les daré mi opinión cada tanto, ¿de acuerdo?

—De acuerdo —asintió Mia de inmediato—. ¡Pero solo si viene todos los lunes a jugar un partidito con nosotras! ¿Qué les parece, chicas?

Todas asintieron con aplausos y gritos de "¡Sí, eso!" y "¡Por favor!".

La señorita König estaba encantada.

—¡Vale! Será como una especie de regreso al campo. —Su mirada se puso seria—. Gracias, chicas. De no ser por ustedes, nunca habría vuelto a tocar un balón. Pero antes de que se me olvide: necesitan un nombre para poder inscribirse en el…

—¡Ya tenemos nombre! —Paula la interrumpió, emocionada, y les lanzó a sus amigas una mirada cómplice. Entonces formaron un círculo, se pasaron los brazos sobre los hombros y gritaron en coro:

—Luchar unidas, ese es nuestro objetivo.

¡Jugamos al fútbol tan bien como el deportivo!

Como un equipo vencemos con el corazón,

¡porque somos las reinas del balón!

¡1. CF Solo para chicas! —gritaron alzando los brazos.

La señorita König meneó la cabeza, sonriendo. "¡Ay, estas reinas del balón!".

La gran final

—¡Entonces, chicas! —Tim se paseó con indiferencia junto a Paula, Mia, Jule y Semra, que se disponían a dejar sus bicicletas en el patio de entrada del colegio—. ¿Todavía pueden sostenerse en pie después de tanto entrenamiento? ¡Ojalá no se vayan a desmayar en el torneo de pura debilidad por estar completamente agotadas!

—¡Exacto! —Como si le hubiera dado una orden, Julius apareció en ese instante por detrás de Tim con una sonrisa maliciosa—. ¡Según cuentan, ya alguna se desplomó en la práctica!

Mia se puso roja. El baboso de Mike Munk no había tenido nada mejor que hacer que contarles el chisme de su desmayo hacía un par de meses. Respiró profundo, pero Paula se le adelantó.

—Ay, no se preocupen —dijo con aire de aburrimiento—. Con todos esos kilos que engordaron en invierno, seguro que no podremos seguirles el ritmo. Pero, bueno, ¡ya veremos!

Jule y Semra intercambiaron una sonrisa. ¡Directo al corazón!

Julius se miró con cierta conciencia de culpa.

—Bah, ¡qué kilos de invierno ni qué nada! Esto se llama reservas. ¡Disponibles en cualquier momento de necesidad!

—Obviamente, para jugar contra ustedes no necesitaremos echar mano de ellas. —Tim alzó una ceja en forma burlona—. ¿Vieron que ya habilitaron la cancha grande? Allí hemos entrenado nosotros las últimas dos semanas. ¡Pero seguro que prefieren estar siempre secas y bajo techo!

Julius soltó una carcajada.

—Muy pronto descubrirán sus límites… 1. CF Solo para chicas, ¡qué ridiculez!

El nombre del equipo femenino se había regado como pólvora en el colegio. Los dos amigos chocaron los hombros, muertos de la risa.

Jule había pasado todo el rato rebuscando entre su morral, como si las burlas de los chicos le importaran un bledo.

—Oigan —dijo en ese momento, mirando a sus amigas—. ¿Ustedes también sienten como un zumbido extraño en el oído? Hace unos minutos que no oigo sino eso. —Dicho esto, les dio la espalda a los dos y se alejó con paso majestuoso rumbo al edificio del colegio. Las otras la siguieron con la cabeza en alto.

A la entrada del gimnasio les esperaba una sorpresa. Allí estaba Mike Munk, apoyado en unas muletas y absorto en una conversación con Nina König.

—¡Ya lo verás, Mike! —oyeron decir a la profesora—. ¡Han mejorado una barbaridad!

MM puso cara de escepticismo. Entonces, vio a las chicas, que acababan de acercárseles.

—¡Según cuentan, están a punto de convertirse en campeonas nacionales! —se burló.

Paula tragó saliva. Nina König le hizo un guiño alentador. La profesora tenía razón: no debían permitir que les desacreditaran el trabajo de las últimas semanas. Por eso, se limitó a preguntar cortésmente:

—¿Se siente mejor?

Mike Munk le restó importancia con un gesto.

—Ahí vamos. Aquí estoy de vuelta, siempre y cuando mi pierna me lo permita. Y hoy, sin falta. —Esbozó una sonrisa sarcástica—. Chicas en el campo de fútbol… ¡Eso no me lo perdería por nada del mundo!

Paula volvió a hacer como si no hubiera oído la burla y se dirigió a la señorita König:

—¿En el campo? ¿No vamos a jugar en el gimnasio?

Nina König se encogió de hombros en un gesto de disculpa.

—No. Tuvimos que reorganizarlo todo a última hora. Se inscribieron más equipos de lo que esperábamos para el torneo de voleibol, así que no había suficiente tiempo para el de fútbol. Por eso jugarán afuera, ¡con este clima maravilloso! Pero no hay ningún problema, la cancha no es mucho más grande que la del gimnasio. En la cartelera están anunciados los grupos y los horarios.

Semra se mordió el labio. ¡Eso sí que era un problema para ella! El campo de deportes estaba en pleno barrio, separado de las calles aledañas únicamente por una reja. No solo los espectadores del colegio, sino todos los que pasaran por ahí la verían en la portería.

Jugueteó nerviosamente con las puntas del pañuelo azul que le cubría la cabeza y buscó a sus amigas con la mirada.

Las chicas habían entendido de inmediato las dimensiones del asunto.

—¿Y ya no se puede cambiar nada? —Jule miró a la profesora con ojos suplicantes—. Es que ya estamos acostumbradas a jugar en la cancha del gimnasio.

La sonrisa sarcástica de Mike Munk, que había oído sus palabras, se acrecentó.

—A ver, señoritas, no estarán pensando retirarse…

—¡Claro que no! —Semra había recuperado el habla.

Paula, Mia y Jule la miraron asombradas. Semra temblaba por la furia reprimida: no dejaría que el tipo ese volviera a desmoralizarla jamás. Lo había comprendido instantáneamente. Con decisión, se echó el morral al hombro y les hizo una seña a sus amigas.

—Vengan, vamos a ver con quiénes vamos a jugar. ¡Al menos yo necesito moverme!

* * *

—Uf, menos mal que traje suficiente agua. —Mia se enjugó el sudor de la frente. El torneo estaba en plena marcha. Se habían inscrito ocho equipos en total: uno de profesores, un par de equipos heterogéneos conformados por alumnos de diversos cursos y, por supuesto, el masculino y el femenino. La señorita König había organizado dos grupos de a cuatro, en los que debían jugar todos contra todos. Cada partido duraba diez minutos, y los ganadores de cada grupo pasarían a la final.

—Menos mal que no tenemos que jugar contra los King-Kong primero —resolló Jule, dejándose caer en la hierba con la cara roja como un tomate—. Eliminar a "Los pequeños aficionados", o como se llamen, fue bastante fácil.

—Y los profesores tampoco es que fueran muy buenos —dijo Marta con una risita—. Tal vez deberían hacer más ejercicio, en vez de torturarnos con trabajos que después tienen que corregir durante días enteros.

Elisa les lanzó una mirada despectiva.

—O a lo mejor nos dejaron ganar. ¿No se les había pasado por la cabeza?

—¡Nada de peleas, chicas! —Mia se abanicó con un periódico doblado.

Aunque la primavera apenas empezaba, el sol de abril brillaba con todas sus fuerzas. Las chicas sudaban a chorros. Únicamente Semra parecía inquebrantable. No había dejado pasar ni un solo balón hasta el momento y, a pesar del pañuelo en la cabeza, los pantalones largos y la camisa de manga larga, parecía fresca y animada.

—Debemos guardar nuestras energías —dijo, y bebió un sorbo de su botella de agua—. ¡Los próximos rivales no serán fáciles!

El silbato sonó en ese momento. Debían volver al campo.

—¿Cómo es que se llaman? ¿Los ciervos salvajes? —le susurró Paula a Mia, mientras se dirigían a la línea central. Pero de pronto se quedó sin respiración. El capitán del equipo contrario era nada más y nada menos que Kilian... ¡El del dorsal número seis! ¡El cochino ese del equipo con el que habían empatado en el último segundo del último partido del club! En ese instante, entendió por qué le había parecido tan conocido: era del curso superior al suyo. Y, por lo visto, había organizado un equipo de alumnos de séptimo y octavo. En ese momento, Kilian la fulminó con una mirada desafiante.

—¿Conque hoy te trajiste a toda una manada de nenitas? —Se subió las medias, al tiempo que mostraba una sonrisa maliciosa.

El silbato del árbitro sonó antes de que Paula pudiera replicar. El saque era de las chicas. Paula sondeó el terreno con un vistazo fugaz. Avanzó regateando, esquivó a un rival atacante con un movimiento ágil y le pasó el balón a Mia, que estaba muy cerca del área. Era una jugada que habían practicado cientos de veces: primero el pase hacia afuera, luego el centro al área… ¡y adentro! Pero Paula no lograba liberarse. Kilian le cerraba el camino como una barrera, pegado a ella como una camiseta sudada. Mia le devolvió la pelota, pero, en vez de Paula, la interceptó Elisa, que la bajó con el pecho para luego tirar al arco. Los espectadores contuvieron la respiración, pero el portero ya tenía el balón a salvo entre sus manos.

—¡Maldición! —Paula echaba humo—. ¡Deja de respirarme en la nuca! —le gritó a su adversario.

—Con gusto —respondió Kilian con una sonrisa despectiva—. Ahora voy a meter un gol, ¡pero vuelvo después!

Y antes de que Paula pudiera darse cuenta siquiera, salió disparado y alzó el brazo para indicarles a sus compañeros que estaba libre. Segundos después, estaba en posesión de la pelota. Jule intentó detenerlo, pero él la engañó con una maniobra astuta, la adelantó por la derecha y disparó con todas sus fuerzas. Semra se lanzó hacia la esquina correcta, pero un milisegundo tarde. Kilian alzó ambos brazos en un gesto triunfal. Seguro de que la victoria sería suya, saludó en todas las direcciones mientras regresaba al centro del campo.

—¡Qué engreído! —Nina König, que brincaba de un lado para otro en la línea de banda y animaba a las chicas a voz en cuello, estaba más que indignada—. ¡Qué jugada más individualista! ¡Yo creía que el fútbol era un deporte de equipo!

—Cierto. —Mike Munk estaba a su lado, apoyado en las muletas—. Pero al final, solo cuentan los goles.

—¡Bah! —Nina König no pensaba aceptar un argumento tan escueto—. ¡Ya veremos!

Mike Munk se rio.

—En todo caso, eso que las señoritas están haciendo en el campo se ve casi como un partido de verdad. ¡Nada mal, estimada colega! Se nota que has hecho un buen trabajo en las últimas semanas.

Nina König miró fijamente a Mike Munk.

—No puedes evitarlo, ¿no? No haces más que burlarte. Pero si quieres saberlo de verdad: el crédito es todo de ellas.

Un murmullo de asombro se extendió entre los espectadores en ese momento. Paula había emprendido el ataque. Regateó entre dos adversarios a toda mecha, llegó al área y se disponía a disparar, pero alguien la derribó de golpe. ¡Kilian! Paula soltó un aullido y cayó como un árbol talado. El silbato del árbitro resonó estridentemente.

—¡Fuera! ¡Fuera! —gritó, mientras se dirigía al área.

Paula se había incorporado a toda prisa; tenía la cara desfigurada por el dolor.

El árbitro agarró a Kilian por el brazo y le dijo entre dientes:

—Si crees que puedes jugar a lo Boateng sin consecuencias, te equivocas. ¡Al vestuario, fanfarrón! ¡El torneo se acabó para ti!

Después, hizo una seña hacia el punto de penalti.

Elisa miró a Paula.

—¿Puedes?

Paula sacudió la cabeza, frunciendo el ceño. El pie le dolía demasiado. Elisa respiró profundo. Era su turno. Miró a su alrededor: las chicas alzaron los pulgares en señal de aliento.

—¡Eres una reina del balón! —le recordó Mia.

El portero adversario bailaba nerviosamente en el arco. Las chicas gritaban, el público también estaba enardecido. Inclusive Paula se olvidó del dolor por un instante: ¡Uno a uno!

Tras la expulsión del capitán, Los ciervos salvajes no volvieron a dar pie con bola. Y no tardó en llegar el dos a uno: después de un pase certero de Marta, Mia clavó el balón sobre la pierna estirada del portero. Sonó el silbato. ¡Habían ganado!

Los chicos salieron del campo con los hombros caídos y la mirada en el piso. Paula había aguantado el dolor hasta ese momento, pero entonces se dirigió a la línea de banda, cojeando y gimiendo entre dientes.

¡Somos las ganadoras del grupo! Pero ese Kilian es una bestia. El muy idiota se contuvo en el partido del club, aunque sus empujones también eran cosa seria. ¡Y no pudo soportar que le ganara una mujer! ¡Increíble! Pero menos mal que el árbitro reaccionó de inmediato. ¡Y ahora vamos a jugar con los KingKong! Todo un reto, sobre todo con este pie... Todavía me duele muchísimo.

En todo caso, ganemos o perdamos, lo importante es jugar. Y que nos vean. Las chicas saben cuáles son sus posiciones, tienen claro el juego y no se duermen ni desperdician las oportunidades. ¡Unas verdaderas reinas del balón! Hasta Elisa se lució. ¡La cara de felicidad que tenía cuando metió el penalti! Y Semra está en su mejor forma. Claro que no me extraña, con la barra que le ha hecho Ben cuando no tiene que jugar él. Seguramente, los comentarios despectivos de MM esta mañana la provocaron aún más. Todavía le brillan los ojos...

Paula se dejó caer sobre la hierba soltando un aullido. Nina König se apresuró a sacar una compresa de hielo del equipo de primeros auxilios y se la puso en el pie.

—¿Duele mucho? —preguntó con voz compasiva.

Paula sacudió la cabeza.

—No demasiado.

—¿Podrás seguir jugando? —preguntó Mia, intranquila.

Paula les mostró una sonrisa ligeramente contrariada a sus compañeras de equipo, que la rodearon consternadas.

—¡No se preocupen! —aseguró—. ¡Ya se me pasará!

Pocos minutos después, los dos equipos se encontraron en el campo.

—¡Oye, eso estuvo brutal! —Tim le dio una palmadita en el hombro a Paula, quien alzó la vista brevemente, para luego volver a concentrarse en su pie.

Al levantarse, le seguía doliendo un poco. Y todavía tenía muy presentes los comentarios desagradables de esa mañana, por eso se limitó a contestar:

—Ya pasó. ¡Nada de lástimas!

Después, se ubicó frente a él en la línea central. Sacaba el Deportivo KingKong. Tim lanzó el balón al campo contrario con un cabezazo, y Julius estaba ya en el lugar indicado para devolvérselo con un pase magistral. El delantero avanzó regateando hacia el área sin dificultades.

Jule hizo honor a su fama de pegarse como una lapa al adversario, y Marta se le atravesaba en el camino constantemente, pero no pudieron detenerlo. A escasa distancia de la portería, Tim le devolvió el balón de taquito a Julius, quien lo clavó inmediatamente en la esquina derecha. Un tiro imparable para la desconcertada Semra.

Pero Paula no pensaba rendirse tan rápido. ¡Quedaban siete minutos! Y el 1. CF Solo para chicas tenía ahora la pelota. Tras una rápida mirada a Elisa y a Mia, la pateó con el interior del pie, todavía adolorido, hasta el otro lado del campo. Las dos compañeras ya se habían puesto en marcha. Elisa la bajó con el muslo, la dejó rebotar una sola vez y se la pasó a Mia. Los chicos estaban tan sorprendidos con el ataque repentino, que no llegaron a tiempo. Mia estaba completamente libre. Recibió el balón en el aire, dio un veloz cuarto de vuelta y disparó con toda su alma... ¡Pero dio en el palo! Un lamento recorrió las filas de los espectadores.

—¡Maldición! —Mia apretó los puños—. ¡La oportunidad no pudo haber sido mejor!

Ahora, los chicos emprendían el contraataque. Esta vez, Tim se encargó de tirar a gol. Semra dio un brinco y rechazó el balón, pero este regresó inmediatamente al campo y Tim volvió a disparar. ¡Dos a cero! Los KingKong daban gritos de júbilo.

—¡Ya no les queda más que llorar! —le gritó Tim a Mia.

Pero ella no le prestó atención. El saque era de ellas, y aún faltaban unos pocos minutos para que terminara el partido. Mia le hizo un pase a Paula, pero Ben se les adelantó, detuvo la pelota y se la pasó a Julius. Este tuvo que luchar contra Marta, que lo interceptó repentinamente. Entonces, vaciló un instante... que fue demasiado largo, pues Marta ya le había quitado el balón con astucia. Ella miró a su alrededor, pero no había contado con Tim, que apareció a su lado como de la nada, le arrebató la pelota con el exterior del pie y regateó hacia el área. Pero esta vez, Semra estaba en guardia. Tim disparó y Semra abrazó el balón con ambos brazos. Los espectadores aplaudieron enardecidos.

Mike Munk observaba el campo, fascinado.

—¡Impresionante lo que pueden hacer estas jovencitas!

Nina König no podía dar crédito a sus oídos.

—¡Quién te oyera!

En ese momento, sonó el silbato del árbitro. En un intento por atajar a Paula en su tiro al arco, una mano había entrado en juego. ¡Penalti a favor de las chicas!

—¡Adentro! —gritó Nina König a voz en cuello—. ¡Tú puedes, Paula!

Paula acomodó el balón. En vez de mirar al portero, clavó los ojos en la esquina superior derecha. Luego tomó impulso y pateó con el empeine inclinado hacia la izquierda. ¡Dos a uno!

Nina König dio un brinco. Los chicos maldijeron. Las chicas abrazaron a Paula, emocionadas, y la tumbaron al suelo.

—¡A ver quién llora ahora! —le gritó Mia a Julius con una mirada triunfal, mientras le ayudaba a Paula a levantarse—. ¡Las maravillosas reservas de invierno no les alcanzaron para ganarnos a cero!

Pocos minutos después, el silbato del árbitro anunció el fin del partido. Los hurras y los gritos de júbilo se extendieron por todas partes: "¡Qué partidazo!", "¡Excelentes rivales!".

Jakob alzó una pancarta que había pintado él mismo y que decía: "¡Son unas verdaderas reinas del balón!".

Paula salió del campo cojeando alegremente. Todavía le dolía al pisar, pero se habían enfrentado con valentía a los chicos. Era más de lo que había esperado después de los pocos meses de entrenamiento.

—¡Oye, en realidad tienes garra! —le susurró Tim a Mia cuando salían del campo entre la ovación del público—. ¡Nada mal!

—¿Cómo así que nada mal? —Jakob apareció de pronto frente a los dos—. ¡Estuvo grandiosa! —Alzó a su hermana y le dio vueltas en el aire. Mia gritaba; los demás reían—. Para mí, ustedes son las ganadoras. ¡Las ganadoras de nuestros corazones!

Mia se tambaleó un poco cuando su hermano la bajó al suelo, pero lo miró con una sonrisa. Jule también alzó la vista hacia él con admiración. El único que no sonreía era Julius. ¡Estaban ovacionando a las chicas cuando los que habían ganado eran ellos!

Marta estaba fuera de sí.

—¡Tenemos que celebrar por lo alto!

Las chicas formaron un círculo con los brazos en los hombros.

—Luchar unidas, ese es nuestro objetivo.

¡Jugamos al fútbol tan bien como el deportivo!

Como un equipo vencemos con el corazón,

¡porque somos las reinas del balón!

¡1. CF Solo para chicas!

Después de alzar los brazos, Paula giró sobre su propio eje e hizo el baile que había hecho alrededor del banderín en su último partido con el club. Le importaba un bledo lo que pensaran de ella. ¡Se sentía realmente como una reina del balón!

Los espectadores se acercaron de todas partes para felicitar a ambos equipos. El papá de Paula, que se había tomado el día libre, abrazó a su hija lleno de orgullo. También habían ido los papás de Mia y habían vendido sándwiches en la tribuna durante el torneo; ahora, se dirigían al campo a toda velocidad para abrazar a su hija.

Entre la muchedumbre estaban también Cem y Davut, los hermanos de Semra, que acababan de salir del torneo de voleibol. Habían visto únicamente los últimos minutos del partido... y a su hermana en la portería, delante de todo el mundo. Ahora se abrían paso hacia la salida, con el ceño fruncido. Pero nadie se fijó en ellos.

Nina König les dio una palmadita en el hombro a cada una de las jugadoras.

—¡Estuvieron geniales! —graznó. Se había quedado ronca de tanto gritar.

Mike Munk dejó escapar una sonrisa aprobatoria.

—¡Oye, niña! —se dirigió a Semra—. Aunque no te quitas nunca ese condenado pañuelo de la cabeza, ¡eres un verdadero talento en el arco! ¡Eso no me lo esperaba!

Semra se enderezó y contestó:

—Pues sí, ¡tal vez no fuimos las únicas que aprendimos algo! —Y se tapó la boca con la mano, espantada.

MM se quedó mirándola, enmudecido. No estaba acostumbrado a semejante despliegue de seguridad por parte de ella. Pero después se rio.

—El que las hace las paga. ¡Y creo que hasta me alegro de seguir entrenándolas! —El profesor de deportes miró fijamente a las chicas—. ¿O no quieren seguir?

—¡Claro! —gritaron todas en coro.

—Ya somos las reinas del balón —añadió Paula con una sonrisa pícara—. ¡Ahora, queremos ser campeonas nacionales!

Esta aventura apenas comienza; en el siguiente libro *Semra cuida el arco* conocerás la historia de esta hábil portera del 1. CF Solo para chicas.

Y aún hay más:

En este gran equipo de chicas cada una tiene su historia…